우리의 프렐류드

청소년
소설선

우리의 프렐류드

초판 1쇄 인쇄 · 2025년 7월 7일
초판 1쇄 발행 · 2025년 7월 15일

지은이 · 최미선
펴낸이 · 한봉숙
펴낸곳 · 푸른사상사

주간 · 맹문재 | 편집 · 지순이 | 교정 · 김수란
등록 · 1999년 7월 8일 제2-2876호
주소 · 경기도 파주시 회동길 337-16 푸른사상사
전화 · 031) 955-9111(2) | 팩스 · 031) 955-9114
이메일 · prun21c@hanmail.net
홈페이지 · http://www.prun21c.com

ⓒ 최미선, 2025

ISBN 979-11-308-2292-1   03810
값 15,500원

저자와 합의하여 인지는 생략합니다.
이 도서의 전부 또는 일부 내용을 재사용하려면 사전에 저작권자와
푸른사상사의 서면에 의한 동의를 받아야 합니다.
이 도서의 표지 및 본문 레이아웃 디자인에 대한 권한은 푸른사상사에
있습니다.

이 책은 경상남도, 경남문화예술진흥원의 문화예술 지원을 보조받아
발간되었습니다.

최 미 선
장편소설

우리의
프렐류드

작가
의말

　우리 모두는 마음속에 별 하나를 간직하고 있죠. 아무리 어두워도, 막막해지는 순간에도 여전히 빛을 잃지 않는 작은 힘. 그걸 두고 누군가는 꿈이라고 말하기도 해요. 앞길이 잘 안 보일 때, 생각이 어지러울 때, 짙은 어둠 속에 있을 때, 멀리 있는 듯하지만 그 별은 더 길게 빛을 발하곤 하죠.

　스스로의 힘으로 인생의 문턱을 넘어가려고 애쓰는 사람들을 생각하며 스토리를 구상했고, 삶의 진실과 이야기의 힘을 믿고 글을 썼습니다. 음악을 제재로 한 인생의 서곡(序曲)이며, 악기는 삶의 다양한 면모 중 하나임을 굳이 말할 필요는 없겠지요. 읽고 쓰기에 집중할 수 있었던 가좌캠퍼스 중앙도서관 열람실, 연암도서관 창가 자리가 새삼 소중하게 여겨집니다.

추천사로 힘을 더해 주신 김종회 교수님, 송재찬 선생님, 김태호 교수님, 고견을 주신 정영훈 교수님, 「푸른 나비(Blauer Schmetterling)」 번역을 맡아 준 베를린 이은정 선생님 감사합니다. 글 쓸 힘을 더 얻게 됩니다.

출간을 맡아 주신 푸른사상사 한봉숙 대표님, 맹문재 주간님, 편집과 교정에 정성을 기울여 준 편집부 직원들, 고맙습니다.

책이 나오기를 기다리는 가족, 친지, 친구들, 이 글 쓰는 동안 고민을 들어준 글벗들에게 고마운 마음을 드립니다. 오늘도 주어진 몫의 길을 걸어가는 모두와 함께하고 싶습니다.

2025년 6월

최미선

작가의 말

프롤로그 불안한 비행 ············ 9
1. 잠입 ············ 14
2. 낙동강 오리알 ············ 17
3. 이별 에튀드 ············ 23
4. 모두의 프렐류드 ············ 32
5. 바람의 방향 ············ 41
6. 삼월의 교실 ············ 45
7. 걱정과 소원 ············ 52
8. 분노의 월광 ············ 65
9. 음악 좋아하니? ············ 73
10. 광야를 건너는 법 ············ 78
11. 한판 붙자! ············ 90
12. 평화라는 소리 ············ 99

13. 노을 공원 ………… 102

14. 혹독한 대가 ………… 108

15. 풍경 ………… 112

16. 광야의 질주 ………… 120

17. 자립 계획 ………… 128

18. 흑건 ………… 132

19. 일몰 시각 ………… 144

20. 고별 소나타 ………… 154

21. 나무백일홍 ………… 158

22. 신청서 출력 ………… 164

23. 독대 ………… 170

24. 퍼포먼스 ………… 175

에필로그 길 위에서 ………… 189

프롤로그

불안한 비행

프로펠러가 빠르게 회전하면서 드론이 수직으로 상승했다. 동체가 약간 기웃했지만, 이내 균형을 찾으면서 운동장 상공을 조심스레 날기 시작한다.

노을이 물들고 있는 서쪽 하늘을 빙 돌아서 강당 건물을 배경으로 좀 더 날아오른다.

상유는 대진 아저씨가 알려 주는 대로 조종기 버튼을 작동해 본다.

"어, 제법인데?"

상유는 대답 대신 씩 웃고 만다. 조종기를 받아 든 아저씨는 익숙한 솜씨로 드론을 좀 더 멀리 날려 보낸다. 드론은 가볍게 상승하고 있다.

눈을 가늘게 뜨고, 상유는 날아가는 드론을 바라본다.

날개를 활짝 펼친 새끼 독수리를 상상해 본다. 상승기류를 타고 날아오르는 검은 날개의 새끼 독수리. 추락하지 않으려고 안간힘을 쓰며 날갯짓을 해대는 절박한 몸부림. 공기 저항에 맞서려는 새끼 독수리.

지금의 환경을 이겨 내려고 발버둥 치고 있는 자신의 모습을 상상하는 것 같아 상유는 갑자기 입맛이 쓰다.

멀리 날아갔던 드론이 방향을 바꾸어 선회하면서 천천히 활강을 시도한다. 동체가 약간 흔들린다. 불안한 비행이다. 안전한 비행을 위해 추력과 항력은 필수 원리이다. 상유는 지금 자신에게 그런 동력이 필요하다고 생각한다.

상유는 겨우 일주일 전에 중학교에 입학하려고 외가가 있는 W시에 왔다. 이모할머니 아들인 대진 아저씨는 상유의 혼란스러운 마음을 알았는지, 입학을 축하한다며 드론을 날리러 가자고 했다. 그래서 동중학교 운동장에 왔다. W시에는 동, 서, 북쪽에 각각 중학교가 있다고 한다.

"여기 남중은 없다? 근데 여중은 있어!" 하하 웃고는 "이런 거 아재 개그 맞제!" 하고 대진 아저씨는 더 크게 웃었다.

상유는 지난 금요일 동중에 입학하고 처음 주말을 맞았다.

뱃사람의 튼튼한 근육질을 자랑하는 아저씨는 굵고 큰 손으로 상유의 등을 두드려 주었다.

"괜찮을 거야!"

호방하고 굵은 음성으로 대진 아저씨는 말했다. 그러나 아직은 어색하고 약간은 불편하기도 하다.

지금의 상유에게는 모든 게 낯설고 좀 어렵고, 다소는 불안했다. 좌우로 기우뚱거리는 드론의 비행처럼 말이다.

1

잠입

잠입에는 어느 정도 성공한 것 같다고 상유는 속으로 고개를 끄덕였다.

입학식 날, 운동장에 일어나던 흙먼지는 폐부에까지 스며들었고, 부연 먼지처럼 머릿속은 무엇 하나 명료한 것이 없었다. 시야는 온통 흐릿했다. 반투명 유리 벽에 갇혀 있는 느낌 그대로다.

잠입 뒤에는 어떤 시간이 따라올까, 알 수 없는 일이다.

'전학 온 티를 내지 않고 저들 속에 묻혀서 굴러가리라.'

어떤 다짐처럼 울려오는 내면의 목소리에 귀를 기울여 보려고 상유는 고개를 조금 숙였다. 그렇다고 해서 갑자기 자신감이 솟는 건 아니었다.

　지난 금요일, 강당에서 입학식을 하고, 반 배정을 받았고, 교실을 돌아봤다. 중학교 교실이라 해도 별다를 건 없었다. 책상의 높이가 조금 높아 보였고, 학습 알림판이 깨끗하게 정리된 것 외에는.
　그리고 토, 일, 이틀을 보내면서 지난 금요일이 이상하게 아득하게 느껴졌다. 월요일, 등교하면 아마도 자리 배정이 있겠지? 키순? 아니면 이름순? 앞자리 앉은 아이의 등판이 시야를 죄다 가리는 자리는 사양하고 싶다.
　교실 안은 개구리 합창같이 와글거릴 것이고, 그 소음의 데시벨만큼 담임의 목소리도 높아질 것이고, 서로가 서로에게 관심 없는 듯, 쭈뼛거리면서 싫은 듯이 마지못한 듯, 제자리를 찾아가서 책상 위에 가방을 내던지는 풍경은 크게 다르지 않으리라고 상유는 짐작해 본다.
　그런 소란을 틈타 과학 실험실 증류기에서 나오는 수증기처럼 스르르, 저들의 틈새에 잠입하리라, 상유는 생각한다.
　전학 온 티를 결코 내고 싶지 않았다. 중학교 입학과 전학이 맞물려 하루하루 외줄타기하는 것 같은 시간을 보냈다. 우여곡절을 겪으며, 빛의 속도로 입학식 직전에 전학 절차를 마친 것은 오랜 행정 경험이 몸에 익은 외조부 덕분이었다.

2

낙동강 오리알

"집에 있나?"

대문 쪽이 부산스럽다. 이모할머니의 목소리다. 혼자인데도 서너 명이 한꺼번에 떠드는 것처럼 늘 시끌벅적한 것은 이모할머니만의 특기이다.

"하이고, 야가 고마 낙동강 오리알이 돼 삐렀네! 우짜노?"

상유를 본 이모할머니의 첫 반응이었다.

"거기 무신 소리요, 아한테?"

애써 무심해하려는 할머니의 노력에도 아랑곳없이 이모할머니의 말은 이어졌다.

"와, 내 말 틀린 거 있나?"

"저거 아부지 오면 금방 서울 갈 긴데 뭐……."

"피아노만 친다꼬 저래 깔끔해서……. 우악스러븐 데서 잘 견디겄나?"

"와 못 견디것소, 공부를 몬하나 인물이 몬하나……."

"이제 공부해야지!"

두 할머니의 티키타카 사이로, 외할아버지의 한마디가 쿵, 무겁게 던져졌다. 심연에서 끌어올린 듯한 말은 마치 쇠공처럼 무거운 울림으로 떨어졌다.

"공부해서 법관도 되고 변호사도 되고 해야. 이제 피아노는 그만두고……."

이모할머니와 할머니의 대화는 순간 얼음 땡처럼 일시 정지 상태가 되었다.

'법관……, 변호사…….'

상유는 할아버지의 말에 금방 대답하지 않고 다만 그 말을 속으로 되뇔 뿐이다. 할아버지가 그리는 그림의 액자 속에 들어갈 수 있을지 생각할 시간은 필요했다.

상유는 점심을 먹으면서도 거의 말을 하지 않았다. 이모할머니가 뭘 물어도 그냥 피식 웃기만 했다. 달리 할 말이 없었다. 말수가 점점 줄어들고 있는, 그런 상유를 할아버지는 맘에 들지 않아 했다.

"사내 자식이, 환경이 좀 바뀌기로서니."
"놔두소, 얘기도 하고 싶을 때 하몬 되제."
이모할머니가 상유를 편들고 나섰다.

지난가을, 상유에게는 혼란의 시간이었다.
집에 어떤 일이 일어나고 있었는지 모르고 있었다는 것에는 지금도 얼굴이 뜨거워진다. 엄마와 아버지는 오직 상유를 위해 전략을 수행하고 있었다. 영화 〈인생은 아름다워〉에서처럼, 포로수용소로 끌려가게 될 아버지가 아들을 위해 모든 상황을 퍼포먼스로 꾸몄던 것처럼.
예중 입학 전형이 거의 끝날 때쯤, 미루어둔 일들은 하나씩 드러나기 시작했다.
엄마의 입원은 단지 시작일 뿐이었다.
째깍째깍, 시한폭탄의 초침은 빠르게 돌아갔다. 미루었던 엄마의 수술 날짜가 잡혔고, 그때 아빠의 동업자는 필리핀 현지 공장을 마수의 조직에게 이미 넘긴 뒤였다.
이 모든 사실을 상유에게는 알리지 않으려고 전전긍긍하는 바람에 엄마의 병은 어쩌면 더 깊어졌는지 모르겠다.

"우리 상유 어떡하지? 피아노 계속해야 하는데……."

수술 뒤, 마취에서 깬 엄마가 상유를 보며 처음 한 말은 피아노였다. 엄마의 퇴원 수속이 끝나고 아버지는 도망간 동업자를 찾으러 필리핀으로 갔다. 엄마는 치료를 겸하는 전문 요양병원을 찾아 입원했다. 가족은 그렇게 뿔뿔이 흩어지게 됐다.

그때, 상유는 자신의 존재가 짐짝 같다고 생각했다. 어디론가 증발이라도 하고 싶었다.

엄마는 전문 요양병원에……, 아빠는 동업자를 찾으러 필리핀으로……, 이런 퍼즐 조각들은 외가에 오고서야 하나씩 더 정밀하게 맞추어졌다.

외할머니와 이모할머니의 대화 속에서 힌트를 잡았고, 퍼즐의 빈칸을 채우듯 이야기의 빈 곳을 하나씩 채워서 실마리를 잡게 되었다.

그사이 상유는 티가 나게 말수가 줄어들었다. 생각 속으로 말은 점점 잦아들었다. 흰 앙금이 되어 심연으로 침잠해 가는 것처럼. 주변 사람들도 상유의 그런 변화를 조금씩 눈치를 채고 있었다.

"어제 언덕배기에 가서 쑥을 캤제."

침묵을 깨려는 듯이 이모할머니는 가져온 보자기를 식탁 위에 풀어 놓았다. 고소한 인절미 냄새가 훅 퍼져 나왔다. 이모할머니는 접시에 옮겨 담으며 다른 손으로 상유에게 인절미를 건넸다. 상유는 어쩔 줄 몰라 잠시 망설였다.

"야야, 뭐가 부끄럽노, 할매한테. 그라지 말고 그냥 묵어라."

상유는 인절미를 받아 들고 잠시 머뭇거리다가 조금 베어 물었다. 고소한 콩고물 냄새와 말랑한 쑥인절미 감촉이 입안에 맴돌았다.

"그래, 숙란이 경과는 좀 어떻노?"

숙란이는 엄마 이름이다. 할머니들이 엄마 이야기를 편하게 하도록 상유는 식탁에서 일어났다.

낙동강 오리알?

철새는 날아가 버렸고, 갈대밭에는 오리알만 덩그렇게 남았다. 되똑하게 남겨진 오리알은 껍데기를 깨고 세상 밖으로 나올 수 있을까? 알에서 나온다면 세상을 향해 힘차게 날아오를 수는 있을까?

오리알의 처지를 떠올리며 막막한 기분으로 상유는 무엇

을 해야 하나, 잠시 생각해 본다.

　피아노가 없다는 것은 막막함을 더해 주었다. 모든 일상에서 시작과 마무리가 피아노였던 만큼, 피아노에서 피아노로 이어지던 일상이 확 바뀌면서 상유는 가끔씩 혼란에 빠지곤 했다.

3

이별 에튀드

지난가을의 혼란을 다시 생각하는 것은 고통이다. 예술중학 입학 전형, 길고 복잡한 고난도의 과정 하나하나가 쉽지 않았다.

하지만 복잡한 입학 과정을 무난히 통과했음에도 입학을 장담할 수 없게 되었다.

합격자가 발표되자 운명의 초침은 더 빠르게 돌기 시작했다. 엄마의 수술이 결정되었고, 아버지의 회사 문제가 수면 위로 드러났다. 엄마의 수술과 아버지의 회사 문제는 상유의 진로에 직격탄이 되었다.

결국은 돈 때문이었다. 흔히 가정환경이라는 말로 통칭되는 경제 문제였다. 그때 피아노 클래스에서 만났던 예중

재학생 누나가 해 준 말은 화살같이 마음에 꽂혔다.

"너의 엄마 많이 아프시다며?"

엄마의 수술 소식은 학부모들 사이에 이미 알려져 있었다. 어쩌면 아버지의 파산 소식도 그들 사이에서 흉흉하게 돌아다니고 있었는지도 모르겠다.

"……."

상유는 긍정도 부정도 하기 싫어 스니커즈 코끝만 내려다보고 있었다. 평소에 그렇게 친하지는 않았지만, 토요일에 열리는 피아노 클래스에서 가끔씩은 마주치곤 하던 누나였다.

"너, 1등이라던데……, 정말이야?"

상유는 그 말에 대답을 하지 않았다. 지금 상유에게 입학 전형에서 순위는 아무런 의미가 없었다. 중요한 건 그게 아니었다.

"어쩌냐?"

상유는 대답할 말이 없었다. 꼭 대답을 원하는 질문도 아닐 거라고 생각했는데, 그 누나는 다시 물었다.

"네 생각은 어때?"

"모르겠어."

상유는 스스로의 힘으로 감당할 수 있는 게 없다는 사실을 뼈저리게 절감하고 있던 때였다.

"예중 3년은 잘 견뎌서 졸업만 하는 것으로 끝이 아냐!"

틀린 말이 아니란 걸 안다. 예중 입학은 겨우 첫걸음을 내딛는 것일 뿐이라고, 모두 말하곤 했다.

"그때부터 시작이야."

"나도 알아."

"어떻게 할 거야?"

"몰라."

절박했지만, 마음대로 결정할 수 있는 것은 아무것도 없었기에 달리 대답할 말이 없었다.

"잘 생각해야 될걸?"

차갑고 쌀쌀한 말이었다. 말이 칼날 같았다. 예리한 칼날이 가슴께를 스치고 지나간 기분이 들었다. "너에게 예중은 사치야"라는 말로 들렸다. 독한 말이었지만, 틀린 말은 아니었다.

그날, 레슨을 마치고 상유는 진심을 다해 김경은 선생님에게 인사했다. 어쩌면 마지막 레슨일지도 몰랐기 때문이다. 두 손을 모으고 고개를 숙인 상유의 등에 경은 선생님은 별말 없이 가만히 손을 얹을 뿐이었다.

밖으로 나오자 출입문 옆에 뜻밖에도 솔리가 기다리고 있었다. 솔리와는 그동안 경은 선생님 교실에서 같이 배웠고, 지난 여름 숲속 클래식 축제에서 〈네 손을 위한 소나타〉*를 함께 연주했던 파트너이다.

솔리는 실력도 실력이지만, 옆 사람을 최대한 배려하는 마음 씀씀이도 깊은 소녀였다. 옆 사람의 소리를 잘 들어주었고, 페달을 사용할 때도 아주 능숙했다. 자신의 음표를 하나도 양보하지 않으면서 멋지게 조화를 이루어냈다. 놀라운 실력이었다. 연주를 마치고 나니 둘의 케미가 좋았다고 주변에서 모두 칭찬을 해 주었다.

"상유야!"

실내를 울리는 큰 목소리에 상유는 순간 멈칫했다. 돌아보니 솔리 엄마가 손의 물기를 닦으며 다가오고 있었다. 지난번 숲속 축제 이후로 솔리 엄마는 어디에 가나 유독 상유를 챙겼다.

"상유야, 어쩌냐?"

"……."

상유는 아무 말도 하지 못했다.

"너희들에게 중학교는 다른 애들 고3과 같은 시긴데, 어쩌면 좋니?"

맞는 말이다. 그래서 예중 입시에 떨어졌다고 세상이 끝난 것처럼, 학원이 떠나가라고 펑펑 우는 선배들을 그동안 많이 봐왔다. 그 시기에 이미 판가름이 난다고 엄마들도, 선생님들도 낮은 목소리로 조심스럽게 소곤거리곤 했다. 많은 아이들이 조금이라도 뒤처질까 봐 전전긍긍하고, 밤을 새우며 건반 앞을 떠나지 못하는 것도 그래서이다.

"아줌마가 어떻게 도와줘야 할지 모르겠구나."

"아녜요."

상유는 간신히 한마디 했다. 진심으로 걱정해 주는 마음을 느낄 수 있었기 때문이다. 하지만 예중 진학은 누군가 섣불리 도울 수 있는 일이 아니었다. 얼마간 도와준다고 해서 그것으로 쉽사리 해결되는 문제가 아니란 걸 상유는 누구보다 잘 알고 있었다.

"상유야, 우리 빨리 포 핸즈 연주 또 하자!"

솔리의 말이었다. 솔리의 목소리는 따듯하고 다정했다. 하얀 얼굴에 까만 눈동자를 빛내며 솔리는 살며시 미소를 띠고 있었다. 웃는 모습이 다른 날보다 더 예쁘게 보였다. 상유는 조금 놀랐다. 솔리가 자기의 감정을 내놓고 말하는 걸 처음 들었기 때문이었다. 상유는 크게 고개를 끄덕여 주었다.

'우리 꼭 그렇게 하자. 솔리야.'

마음과 달리 상유는 대답을 삼키고 말았다. 솔리의 말은 힘이 되었지만, 약속을 지킬 수 있을지 장담할 수 없었기 때문이다. 마음 같으면 솔리 만을 위해 〈정원의 소녀들〉을 당장이라도 연주해 주고 싶었다.

상유에게, 잔인한 일은 더 밀려들었다. 그 다음 날은 집에 있던 피아노가 실려 나갔다. 그 충격은 좀체 잊을 수가 없다.

이사를 위해 집에 있는 큰 짐부터 정리가 시작되었다. 피아노는 정리 대상 1순위가 될 수밖에 없었다. 옮겨 갈 집에 피아노를 둘 공간이 없다고 했다.

트럭이 도착했다는 소리와 함께 건장한 아저씨 두 사람이 도르래와 장비를 들고 피아노 방으로 들어왔다.

저벅, 저벅.

아직 피아노와 이별할 준비도 안 됐는데, 그들은 피아노를 움직였다.

"안 돼요!"

상유는 울면서 소리쳤다.

"애가 무슨 소리냐?"

"엄마는 안 계시니?"

두 사람은 한심하다는 듯이 상유를 내려다봤다. 그때 엄마는 병원에 가고 없었다.

"엄마 오시면 물어봐!"

"그래도 안 돼요!"

상유는 두 팔로 피아노를 껴안으며 가로막았다.

"꼬마야, 우리도 다 부탁받고 하는 일이야."

두 사람 중 몸집이 큰 아저씨가 상유를 번쩍 들어 올렸다. 피아노에서 상유를 떼내고 거실 소파에 던지듯이 내동댕이쳤다. 상유는 잠시 정신이 아찔했다.

"애야, 우리 원망하지 말아라."

상유가 정신을 차렸을 때, 피아노는 어느새 트럭 짐칸에 올려져 있었다. 운전석 문이 닫히는 게 보였다. 시동이 켜지면서 트럭이 부르릉 요동을 쳤다.

상유는 구르듯이 계단을 뛰어 내려갔다. 트럭이 움직이고 있었다.

"안 돼요. 내 거예요!"

상유는 울부짖으며 트럭을 따라 달렸다.

"내 거예요!"

상유의 목소리는 허공에서 형편없이 흩어져 버렸고, 트럭은 이미 멀리 달려가고 있었다. 아무리 달려도 상유는 트럭을 따라갈 수가 없었다. 트럭은 어느새 보이지 않게 되었다. 온 마음을 다 준 친구나 다름없었던 갈색 업라이트 피아노는 트럭과 함께 어디론가 영원히 사라져 버렸다.

상유는 그 자리에 주저앉았다. 그러곤 목놓아 울었다.

"내 거란 말예요……."

상유의 소리를 들어주는 사람은 아무도 없었다.

어떻게 집에 돌아왔는지 기억에도 없다. 강변을 걸어서 도심까지 갔다가, 저녁 늦게야 집에 들어왔을 때, 방은 텅 비어 있었다. 빈방에는 피아노가 남긴 나무 향만 아주 미미하게 남아 있었다.

제대로 된 이별 의식도 없이 손때 묻은 갈색 업라이트 피아노를 보내 버렸다. 오랜 시간 교감을 나누었던 악기였다.

상유에게는 악기, 그 이상이었다. 마음에 꼭 들어오는 소리를 만들기 위해 셀 수 없을 만큼 건반을 눌렀고, 마침내 감정의 접점이 일어나는 순간에 악기는 생각했던 그 소리를 만들어 주었다. 그렇게 온 정성으로 건반 위에 쏟았던 마음들이 이제 모두 쓸려 사라져 버렸다. 상유는 배 속이 텅 빈 것 같은 기분이 되어 벽에 몸을 기댔다.

* 〈네 손을 위한 소나타〉: 모차르트의 네 손을 위한 소나타 D장조. 네 손을 위한 소나타는 피아노 한 대에 두 사람이 나란히 앉아 연주하는 양식.

4

모두의 프렐류드

    음악 담당 정순식 교사는 봄방학 마지막 날, 교무실에서 개학을 준비하고 있었다. 봄도 아니고 겨울도 아닌 이런 어중간한 계절은 이상하게 더 추웠다. 아마도 꽃샘바람이라 더 그럴 것이다.
    꽃샘바람은 흙먼지를 일으켰고, 그 흙먼지 때문에 늘 손이 텄다. 중학생 때, 시장에서 짐을 실어나르는 아르바이트를 했다. 그때 꽃샘바람은 유독 매웠고, 손등이 트고 갈라져 피가 삐죽 새어 나왔다. 그러면 시장 이모들이 손등의 생채기에 안티푸라민을 발라 주기도 하던 때였다. 흙바람이 일어나는 꽃샘추위는 겨울보다 더 매섭고 황량하게 느껴졌다.

운동장 가운데서 먼지가 풀썩 일어났다. 회오리바람이 불고 있다는 증거였다. 교문으로 누군가 들어오고 있는 것이 보였다. 텅 빈 운동장에는 아릿한 정적이 한가득 차 있는 듯했고, 그 사이로 뚜벅뚜벅, 누군가 걸어오고 있었다.

춥고 황량했던 지난 기억에서 빠져나오려고 순식은 짧게 머리를 저으며 책상 위에 놓여 있는 몇 개의 우편물과 서류를 살펴보았다. '청소년 예술 프로젝트' 브로슈어가 먼저 눈에 들어왔다. 신청서도 함께 놓여 있었다. 해솔문화재단에서 보낸 자료였다.

청소년 예술 프로젝트는 지역의 예술 교육 환경 조성을 위해 해솔문화재단에서 기금을 희사해서 만든 음악 경연 대회였다. 문화재단에서 재정을 맡게 되자 지자체와 지방 교육기관에서 경연 대회를 후원하는 형식이 되었다.

해마다 악기 부문을 달리하면서 학교 추천을 받아 경연을 치르는 일종의 콩쿠르인데, 최우수 학생으로 선발되면 적지 않은 혜택이 주어지는, 이 도시만의 축제이기도 했다. 출전 자격을 생일 기준으로 13세까지로 하고, 지역 학생에게만 한정하다 보니 간혹 전학을 오는 학생도 있어서 지방 행정기관에서 한편으로 반기는 것으로 알려져 있다.

대회를 앞두고 열성 학부모들 중 간혹 재단에 힘을 쓰다가 망신을 당했다느니 하는 말들이 가끔 나돌기도 했지만, 예술 분야에서 엄마들의 극성이란 인생의 양념 정도로 취급되는 경향이었다.

그때 교무실 문이 열렸다. 노인이라고 하기에는 꼿꼿하고 단정하고, 빳빳한 강골 느낌의 방문자였다. 조금 전에 교문으로 들어왔던 사람으로 보였다.

교감과 미리 약속이 되어 있었던지 익숙하게 방문자용 탁자에 앉는 걸 보며, 순식은 커피라도 한잔 마실 양으로 탕비실로 가려고 했다. 그때 교감이 부르는 소리가 들렸다.

"저기, 정 선생님, 그 대한일보사 콩쿠르 수준이 어느 정도나 됩니까?"

순식이 돌아봤을 때 노인은 다소 난감한 표정이었다. 교감이 굳이 순식을 부른 건 대화의 배턴을 넘겨주려는 의도로 보였다.

순식은 썩 내키는 것도, 그렇다고 굳이 꺼리는 것도 아닌 어정쩡한 걸음으로 방문자용 테이블로 다가갔다.

노인은 익숙하게 지갑 속에서 명함을 꺼내 주었다. 순식은 얼결에 받아 들고 눈으로 대강 훑으며 이름을 확인했다.

과장 민경오.

시청 어느 부서에 근무했던 경력이 눈에 들어왔다.

"퇴직 전에 사용하던 명함이라……."

노인은 혼잣말처럼 나직하게 말했다.

"전학 올 학생이 음악에 특기가 있다고 하네요. 그것도 피아노라는데……."

교감은 물컵을 내려놓으며 의자 등받이에 몸을 대며 말했다. 전학생의 생활기록부 특기 사항에 피아노 경연 대회 입상이라고 적혀 있었던 모양이었다.

"대한일보사 콩쿠르에서 입상할 정도면 학생 피아노 실력이 꽤 좋은가 봅니다."

순식은 어떤 경이감으로 자리에 있지도 않은 학생이지만 치켜세우고 싶었다.

"예, 그렇다고 하네요. 하지만 이제는 지난 일로 치고 있습니다."

"대한일보사 콩쿠르라면야……."

그 정도 실력이면 좀 아깝지 않느냐는 뒷말을 순식은 생략했다.

모두의 프렐류드

"정 선생님 그 콩쿠르가 어느 정도나 되나요?"

"그 정도면 국내에서는 거의 몇 손가락 안에……."

"아, 그게 다 이미 지난 일이란 겁니다. 이제 공부 길로 들어서야지요."

노인은 순식의 말을 싹둑 잘라 버렸다. 다소는 의외의, 지나치게 단호한 반응이었다.

노인은 황급히 손사래를 치면서도 절제된 태도를 잃지는 않았지만, 분위기는 순식간에 어색할 정도로 냉랭해졌다.

"말했지만, 이제 공부 길로 들어서게 할 겁니다."

민 노인은 애초부터 뭔가를 단단히 매듭짓고 시작하겠다는 어조가 분명했다.

"아, 마침 우리 시에 청소년 예술 양성 프로그램이 있어요."

"됐습니다!"

해솔문화재단의 예술 프로젝트가 불현듯 떠오른 것이 무슨 묘수라고 생각하며 순식은 노인을 보며 웃었지만, 노인은 그마저도 딱 자르며 자리에서 일어났다.

금방 굳어진 분위기 때문에 민 노인은 어색해했고, 다소 미안한 표정이 되어 어정쩡한 상태로 돌아갔다. 잘못한 것도 없이 공연히 미안해지는 기분은 순식도 마찬가지였다.

"정 선생, 청소년 프로젝트 문제는 너무 나간 거 아닌가요?"

이 타이밍에 교감의 개입은 생뚱맞았다. 정식으로 청소년 예술 프로젝트를 제안한 것도 아닌데 예민하게 반응하는 이유는 뭔지 금방 이해하기 어려웠다.

교감은 학교 업무보다는 학교 밖의 일에 시시콜콜하게 더 바쁜 타입이다. 학교 밖의 잡다한 일에 산지사방으로 관여하면서 일말의 이익이라도 알뜰하게 챙기고 있는 스타일이라는 건 교무실에서도 이미 정평이 나 있었다.

'또 무슨 계산이 작동되고 있는 건가?'

매사 잇속만 밝히려고 드는 교감에게 반감이 생기는 건 체질적 문제 같았다. 순식은 그 반감을 씻으려는 듯 손바닥으로 맨얼굴을 쓸어내리며 다시 운동장을 내다봤다. 민 노인은 왔던 길 그대로 나가고 있었다.

'예체능이라면 무조건 반대하는 꼰대?'

노인의 뒷모습을 보며 순식은 생각을 정리해 보려고 커피를 한 모금 홀짝 마셨다. 씁쓸하면서도 새큼한 커피 향이 느껴졌다. 식도를 타고 내려가는 커피 맛과 함께 힘겹게 지내온 시간들이 문득 떠올라 순식은 잠시 고개를 가로저었다.

털어버리고 싶지만 쉬이 사라지지 않는 흉터와 같은 기억, 아픈 상처처럼 떠오르는 기억.

음악이라는 말에 너무 단호하게 반응하는 민 노인의 태도 때문이었는지, 기억의 창고 밑바닥에 오래 접어 두었던 어두운 사진 한 장이 검은 연기가 되어 스멀스멀 피어 올라왔다.

"음아악?"

오래전에 들었던 새아버지의 성난 목소리가 그대로 살아났다. 음악대학에 가고 싶다고 처음 말했을 때 새아버지는 그야말로 폭발했다.

"음악 공부를 하고 싶어요!"

마음속의 말을 털어놓기에 전에는 뭔가 다른 유연하고 매끄러운 도입이 다소는 필요한 거다. 하지만 긴장될수록, 특히나 새아버지 앞에서 순식은 매번 그렇게 유연하지 못했다.

"뭐라꼬?"

숨돌릴 틈도 없이 욕설을 가득 담은 새아버지의 폭언이 소나기처럼 쏟아졌다.

"음악대학이 누구 집 개새끼 이름이냐? 그런 건 있는 집 자식들이 공부 안 해도 될 때 선택하는 종목이야. 분수를 알아야지!"

계부의 그 억세고 거친 비아냥은 순식에게 남이 있던 마지막 자존감마저 모두 짓밟아 버렸다.

"나는 왜 안 되는 건데요!"

어떤 서글픔과 같은 분노 때문에 소리를 내지르고 말았다. 처음으로 해 본 말대꾸였다. 어디에서 그런 용기가 발동했는지 지금 생각해도 모를 일이었다.

"짜슥이, 어데서 헛바람이 들었노? 어데서 무슨 소리를 듣고 당치도 않은 음악대학이고? 네 처지를 네 눈으로 봐라."

새아버지 앞에서 순식은 분수도 처지도 모르는 놈이었다.

"숭어가 뛰니까 망둥이도 뛴다더니, 주제 파악도 못 하는 놈."

"안 가면 되지, 무슨 말을 그렇게……."

엄마는 조용히 무마하려 했으나, 새아버지의 흥분은 사그라지지 않았다. 몽둥이든 뭐든 금방 날아올 것 같은 험악한 분위기였다.

"나가라."

보다 못한 엄마가 순식을 밀쳐 내고 말았다.

어렵고 힘든 시간이었다. 하긴, 공고 야간부를 다니면서 음악 공부를 하겠다는 발상 자체가 어쩌면 무모했는지도 모르겠다. 하지만, 음악이라는 세계가 이미 마음에 들어온 뒤였다. 애덕 누나의 피아노곡에서 받았던 그 고요한 충격은 다른 어디에서도 찾을 수 없었다. 새로운 세계였다.

공고 야간을 선택한 것도 대학 학비를 마련해 보겠다는 원대한 계획의 시작이었다는 건 그때까지 아무도 모르고 있었다.

5

바람의 방향

"영등할맘네가 딸을 데리고 내려오나? 무슨 소시락바람이 이리 부노?"

바람은 거실 유리 창문을 불안하게 흔들었고, 할머니의 독백이 낮게 이어진다. 겨울의 끝에 부는 거친 바람은 건조한 대지를 훑고 지나면서 먼지를 일으켰고, 손끝을 아리게 했다.

꼭 영등할매뿐이겠는가, 이 도시는 언제나 어디에서나 바람이 불었다. 문을 열고 나서면 늘 바람이 먼저 맞아 주었다. 볼을 스치고, 머리카락을 흩어 놓고, 귓불을 쓸고 지나는 바람은 바닷가 도시임을 계속 알려 주고 있었다.

바람이 바다에서 육지로 부는 시각, 육지에서 바다로 부는 시각. 바람은 시각에 맞춰 그 방향이 있다고 했지만, 그렇지만 이 도시에서 바람의 진원지는 언제나 바다였다.

일렁이는 물결을 타고 바람은 일정하게 바다에서만 불어오는 듯 했다.

"조모, 학교 다녀올게요."

할머니도 아니고, 할매도 아니고, 서슴없이 조모라는 말이 입에서 튀어나왔다. 호칭이 다르다는 것은 초등 때 외가의 옆집에 사는 꼬맹이 정아의 말을 듣고 금방 알았다. 상유보다 두세 살이나 아래였던 정아는 상유가 외가에 올 때마다 놀러 왔다. 그러면서 조모, 조모 하며 할머니를 불렀다. 생소한 호칭이었지만, 영 낯설지는 않았다. 그러나 그때까지만 해도 상유는 따라하고 싶은 마음이 없었다.

하지만, 지금은 아니다. 공기 속의 산소처럼 자연스럽게 여기 환경에 잠입해야 하는 목표가 눈앞에 놓여 있는 것이다.

'로마에 가면 로마 사람이 되어라.'

맞나? 상유는 자문하면서 픽 웃었다. 이렇게 빠른 적응력이 있었던가. 스스로도 놀라고 있었다.

"껄렁패 녀석들이 괴롭힐까 걱정이네!"

상유의 옷매무새를 잡아 주며 할머니는 걱정 한마디를 더했다.

마당에 내려서니 차가운 공기가 이마에 닿았다. 외출 준비를 마친 할아버지는 벌써 대문 앞에 서 있었다. 늘상 변함없는 회색 계열의 헤링본 모직 재킷과 검정색 구두와 그리고 손에는 중절모자까지.

"가 보자. 네 담임 얼굴이라도 봐야지!"

얼굴을 본다는 것은 인사를 한다는 할아버지의 어법이다. 그 뒤에 감추어진 할아버지의 내심은 무엇일까?

－이제, 이 아이에게 학업 외는 권하지 말아 주소.

아마도 할아버지는 그런 말을 하고 싶은 건 아닐까. 그래서 상유는 더 거세게 손을 내저었다.

"아녜요. 혼자 갈 거예요."

상유는 결연한 표정으로 돌아섰다. 조부는 상유의 뒷모습을 지켜볼 뿐이었다. 학교 다녀오겠습니다, 라는 상유의 목소리가 다소 공허하게 들리는 것도 그런 때문일 것이다.

외조부가 걱정하는 것이 무엇인지 상유는 어느 정도 짐작할 수 있다. 어쨌거나, 이 도시에서, 이 환경에서, 여기에서 살아가야 하고, 견뎌 내야 하는 것은 이제 상유의 몫이 되었다.

피아노를 치면서, 새로운 곡에 입문할 때마다 수풀 속을 헤매듯이 오직 선율에 의지하여 길을 찾아본 경험은 지금의 상유에게 어떤 힘을 주고 있는 건 분명했다.

피아노 연주가 다만 손가락 끝의 기술만이 아니라는 걸 알게 된 어느 순간부터 그 힘은 더욱 견고해졌다. 악보에 그려진 숱한 음표들을 살려서 하나의 이야기로 울려 본 경험은 이제 강건한 힘줄이 되어 내면을 지탱해 준다는 걸 느낄 수 있었다.

-에휴, 낙동강 오리알이 따로 없네.

상유는 자신을 바라보는 주변의 시선을 충분히 알고 있다. 그러나 이제 주변 반응에 최대한 무심해져야겠다고 생각한다. 지금 상유에게 주어진 미션은 그것이었다.

6

삼월의 교실

수업이 시간 되기 전 교실은 언제나 시끌벅적하다.

서른 명 가까운 아이들이 새롭게 배정받은 이 낯선 공간에 유독 상유만이 아는 아이 하나 없이 외딴섬처럼 덩그렇게 앉아 있었다. 어색한 소란스러움이 가열된 산소처럼 빵빵하게 차 있는 교실, 3월 초 중학교 교실은 그런 공간이었다.

교실 안의 이 어색함을 낯설어하는 아이들도 더러 있었지만, 대부분은 서로 조금씩은 알고 있는 듯했다.

지우개를 던지거나 휴지를 말아 던지고 장난을 치며 아이들은 그렇게 친해 가고 있었다.

같은 복장, 비슷한 머리 스타일, 엇비슷한 체형, 눈썰미가 좋은 사람이라면 균질한 이 전체 속에서도 작은 차이를 금방 알아차릴 것이다. 사투리 억양이 강한 아이, 손동작이 큰 아이, 크게 웃는 아이, 명랑한 아이, 까부는 아이, 겁이 많아 보이는 아이……, 몇몇 아이는 영어 단어장을 펴 들고 뭔가를 외우고 있었고, 수학 문제 풀기에 몰두해 있는 아이도 있었다.

한 무리는 교실 뒤쪽에서 섀도 복싱을 해가며, 뭔가를 과시하려는 듯 서로 낄낄거렸다. 약간의 허세처럼 보였다. 교실 분위기를 기선 제압해 보겠다는, 알지 못할 영웅 심리의 표현은 아닐까 하는 생각이 들게 했다. 어디에선가 한 번은 본 듯한 그리 낯설지 않은 풍경이었다.

"쟤들은 왜 저래?"

상유는 옆자리 정욱을 보며 물었다. 상유의 짝은 반장 정욱이었다.

"홍태 일당?"

"쟤들 일진이야?"

"원래 저래."

정욱은 미동도 하지 않고 손안에 들어가는 세로로 긴 모양의 작은 수첩에 뭔가 쓰고 있었다. 정욱은 언제나 뭔가를 꼼꼼하게 쓰거나 자주 생각에 잠겨 있는 모습이었다.

홍태 무리가 일진이냐는 물음에 정욱은 명확하게 대답을 하지는 않았다. 무관심처럼 보였다. 정욱은 나대지는 않는 조용한 편이었지만 아이들 사이에서 인기가 많았다. 반장 선거를 할 때 많은 아이들이 열성적으로 정욱을 밀어 주었던 것을 보면 알 수 있었다. 게다가 키도 크고 얼굴도 시원한 인상의 소유자였다. 준수한 외모가 한눈에 드러나 보이는, 출중한 피지컬을 가졌다.

아직은 생소한 이 공간에서 상유는 뭘 해야 할지 알 수가 없었다. 불안하다고 해야 할까, 아니면 갑갑하다고 해야 할까, 그런 기분의 총합은 낯섦일 것이라고 생각하며 상유는 조용히 창밖 풍경을 바라보았다.

건물 뒤쪽으로 곧장 산이 이어져 있었고, 많은 나무들이 제법 울창한 숲을 이루고 있었다.

'물푸레나무, 백양나무, 후박나무, 자작나무, 상수리나무, 떡갈나무, 보리수나무, 올리브나무, 사이프러스, 히말리야시다, 가문비나무, 이태리포플러……'

상유는 생각나는 대로 멋진 나무의 이름들을 줄줄 읊어 보았다. 나무 이름은 입 안에서 식물성의 좋은 울림을 만들어준다. 하지만 정작 상유는 그런 나무들을 금방 구별할 수는 없었다. 다만 도감에서 보았던 식물들의 이름을 떠올리는 것으로 잠시 기분이 좋아지는 것을 느낄 뿐이었다. 그러면서 좀 더 가까운 거리에서 나무를 볼 일이 있었으면 좋겠다는 생각을 해 보는 것이다.

상유는 그 이전의 시간으로 돌아가고 싶다는 생각을 하고 있는 것은 아니었지만, 어떤 시간이 펼쳐질지 약간의 두려움이 있는 건 사실이다. 지금 자신의 상태가 어떠한지 스스로 가늠해 보는 것도 쉬운 일은 아니었다. 그래서 가만히 창밖을 내다 보는 일이 더 많아졌는지도 모르겠다.

'어디에 있는 거냐?'

불쑥불쑥 자신에게 질문을 던지는 것도 그래서이다. 어떤 일도 일어나지 않고, 그냥 심심하게, 그런 인생을 살아가야 한다면…….

'무엇을 하게 될까?'

지금 여기서 좀 더 걸어가면 어떤 일들을 만나게 될까? 어떤 일들이 기다리고 있을까?

특별한 재능이 필요 없는, 남들도 다 할 수 있는 일을 하면서, 싱겁게 심심하게 살아가는 삶이 될까? 무대에서 집중 조명을 받는 것도 때로 부담스럽지만, 심심한 삶의 시간을 잘 견뎌낼 수 있을지 두렵기도 했다.

희고 밝은 이마에 검은 그림자가 수심처럼 드리워지면서 상유의 얼굴은 저도 모르게 이그러지고 있었다. 교실 뒤에서 몸집이 큰 무리들이 만들어 내는 소음이 다시 들려왔다.

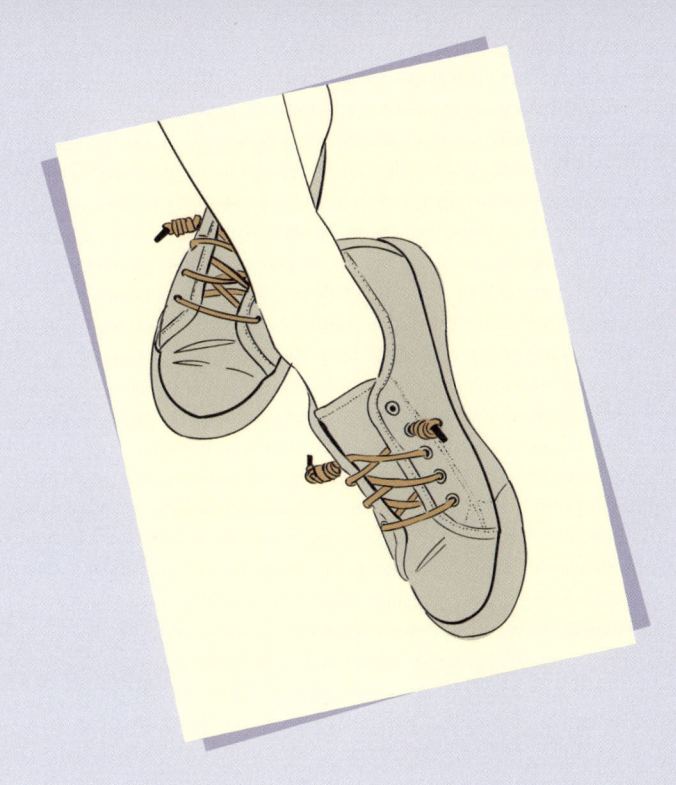

7

걱정과 소원

음악실에서는 굳이 자기 자리를 지킬 필요가 없었다. 상유는 뒷산 숲이 잘 보이는 자리에 앉았다. 옆자리엔 여전히 정욱이 있었다. 아직 의자에 앉지 않은 아이들은 여전히 부산스러웠다.

순식은 바흐의 음악 영상을 켰다. 밝은 선율이 퍼져 나갔다. 웅성거리는 아이들 사이로 나란히 앉아 있는 상유와 정욱이 눈에 들어왔다. 음악실에서도 굳이 저렇게 나란히 앉은 둘에게서는 이상한 공통점이 감지되었다.

겉으로는 둘에게서 닮은 점을 거의 찾을 수 없었다. 하지만 조용한 수면 위에 그려지는 물무늬가 비슷하면서도 다른 것처럼, 그렇게 같은 듯 다르게 아른거리는 무엇이 있었다.

순식은 그들을 가만히 지켜볼 뿐 속마음을 드러내지는 않았다. 누군가를 과도하게 관찰하는 것은 체질적으로 맞지 않거니와, 강압적으로 다가가는 것도, 완력으로 이끌어 가는 것 또한 자신에게는 맞지 않다고 늘 생각하고 있었다.

다만 누군가의 길동무가 되어 함께 곁을 나누고 싶은 그런 열망만이 가득할 뿐이었다. 하지만 그런 내향성에 스스로 발등을 찍히는 후회가 달려들 때가 있으리라고는 아직은 미처 예견하지 못하고 있었다.

이번 시간 순식은, 바흐의 음악을 짧게 감상하고 대위법을 설명하고 싶었다. 비슷하지만 각기 다른 악상을 가진 음절이 마치 돌림노래처럼 반복되는 푸가는 여러 명이 제각기 자기 목소리로 이야기를 늘어놓는 듯한 즐거운 착각을 불러오게 한다.

때로는 편하기도 하고, 때로는 즐겁기도 하며, 또 때에 따라서는 따듯하기도 한, 각자의 소리가 무한히 연결되는 듯한 음절들이 음악실을 채워 나갈 때쯤이면 천둥벌거숭이들은 제자리를 찾아 앉게 될 것이다.

순식은 그때를 기다리며, 손깍지를 껴 보기도 하고, 팔짱을 껴 보기도 하고, 창밖을 내다보기도 하면서 잠시 서성거 릴 뿐이었다.

바흐의 푸가가 시작되자 상유의 손가락이 책상 위에서 건반을 짚고 있는 것이 순식의 눈에 들어왔다. 흔히 근육이 기억한다고 말한다. 지금 상유의 근육 속에 저장된 음표들이 손가락을 타고 흐르고 있는 모양이었다.

바흐의 곡은 물결처럼 음악실을 채워 나갔다. 각자의 선율이 나름의 소리 결을 지키면서 개별 이야기를 들려주는 듯한 음악.

소란스럽지 않은 개별의 소리가 노래로 이어지면서 사람의 마음속에 있는 가느다란 감정의 줄을 건드려 주는 곡이다.

오른손의 선율을 왼손이 받쳐 주는 화성이 아니라 오른손이 내는 소리를 듣고 왼손이 그 소리에 반응하며 각기 자기의 노래를 이어가는 양식이다. 제각각의 선율이 개별적으로 이어지고 있음에도 이상하리만큼 조화로운 노래가 만들어지기 때문에 여러 이야기를 동시에 듣는 듯한 재미가 있고, 아름답기도 하다.

모든 아이들이 개별적으로 자기의 이야기를 하고 있는데도, 다양한 이야기가 귀에 쏙쏙 들어오는 듯한, 그런 게 바흐의 노래라고 생각했다.

상유는 바흐의 곡에서 몸과 손이 저절로 움직여지는 것을 느꼈다.

머슬 메모리, 근육이 기억하고 있는 거다.

옆에 앉은 정욱은 신기한 듯이 상유의 손가락을 내려다보고 있었다.

"너냐?"

"응?"

갑작스런 정욱의 질문에 상유는 딱, 손가락을 멈추었다.

"피아노 좀 치냐?"

"으응?"

긍정도 부정도 아닌 애매한 대답에 정욱이 다시 물었다.

"너 피아노 잘 치나 봐?"

"으응, 그냥, 쬐끔."

상유는 어어 하다가 겸연쩍은 듯 손바닥으로 책상을 덮고 말았다.

"우리 학년에 피아노 잘 치는 애 있다는데, 그게 너였구나! 그럴 줄 알았다."

상유는 쏘아보는 정욱의 눈길을 느꼈다.

"어? 글쎄……."

상유는 말끝을 흐렸다. 이도 저도 아니라는 어정쩡한 대답이었다. 하지만 마치 거짓말을 하고 있는 것처럼 목소리는 가늘게 떨렸다. 정욱은 그런 상유를 가만히 바라보며 물었다.

"너, 그거 비밀인 거야? 피아노 치는 거?"

상유는 순간 움찔했다. 뭔가 들킨 것 같은 떨리는 기분이었다.

"내가 피아노 쳤다는 건 어떻게 알았어?"

"그냥 알게 됐어, 우리 반에 아는 애들 많을걸?"

정욱은 뭐가 어떠냐는 듯 아무렇지 않게 말하며 "피아노 치는 일이 뭐, 감출 일인가?"라고 혼잣말처럼 나직이 말했다.

상유는 애써 태연하려고 했지만 옷을 한 겹 벗고 나서는 것 같은, 홀가분하면서도 가볍지만은 않은 이상한 기분이었다.

'눈썰미가 좋아.'

상유는 정욱의 관찰력에 조금 놀랐다. 하지만 상유도 정욱의 조용한 움직임을 이미 어느 정도는 알고 있었다. 점심 급식이 끝나면 잠시 틈새에 정욱이 숲속으로 조용히 사라지는 것을 지켜보고 있었기 때문이다.

그날 음악 수업을 마치고 상유는 자기도 모르게, 끌리듯이 순식 선생님의 뒤를 따라가고 있었다. 뭘 어떻게 하겠다는 결심은 아직 없었다. 하지만 어떤 이끌림으로 그냥 순식 선생님을 따라가고 있는 자신을 발견했다. 온몸의 근육이 피아노 소리에 살아나는 기분, 살갗 곳곳에 숨어 있는 음표가 일어나는 것 같은 착각 때문이었는지 모르겠다.

'갈 데까지 가 보자.'

무슨 낙담과 같은 마음으로 상유는 음악 선생님을 뒤따라갔다.

피아노와 작별해야 한다는 생각은 나날이 더 분명해졌다. 하지만 그 결심이 분명할수록 이상하게 피아노 곁에서 더 머뭇거리게 된다. 그래서 음악 수업을 마치고 나면 자동적으로 피아노 곁으로 가곤 했다.

수업을 마치고 아이들이 썰물처럼 출입문으로 우르르 몰

려나갈 때도 상유는 문 반대쪽에 있는 피아노 곁으로 가는 자신을 발견하곤 한다.

피아노와 이별 의식이 필요했는지도 모르겠다. 아무런 준비도 없이 갈색 피아노를 보낸 것에 대한 아쉬움 같은 것이라고 생각해 보려고 했다.

'지금에 와서 피아노 연습이 무슨 소용이 있을까.'

자문은 늘 반복되었으나, 모르겠다 하는 마음으로 상유는 순식 선생님의 뒤를 따라가고 있었다.

앞서 가던 순식 선생님이 휙 뒤돌아보았다.

막상 순식 선생님과 눈이 딱 마주친 순간 상유는 모든 자신감이 와르르 무너지는 것을 느꼈다. 그래서 그냥, 후딱 돌아서고 말았다.

상유가 돌아선 그 자리에 정욱이 서 있었다. 순간 상유는 정욱에게 뭔가를 들킨 것 같은 무안한 기분이 되었다. 상유는 정욱을 슬쩍 피해 숲으로 천천히 걸어갔다. 정욱이 따라오고 있다는 것을 알았다.

"저렇게 우람하게 자란 나무가 얼마나 아름다운지 생각해 본 적 있니?"

일상적인 말도 정욱은 가끔 시처럼 말하곤 했다. 정욱은 그랬다. 자연물에 대한 표현, 반 아이들이 떠들고 노는 일상적인 풍경도 글로 적어 나가는 재주가 있었다.

상유는 정욱이 글 쓰는 것을 곁눈질로 지켜보았다. 손바닥 위에 직사각형의 길쭉한 수첩을 올려놓고 틈이 날 때마다 글을 쓰는 정욱은 특별해 보였다.

무엇보다 정욱의 핸드폰 사양은 아이들에게는 별로 인기가 없는 노트형이었다. 주위 아이들은 아무도 가지고 있지 않은 노트형 핸드폰 화면을 열고 전자펜으로 정욱은 틈틈이 글을 쓰는 거였다.

전자 연필을 뽑아서 검정 화면에 메모를 하는 손놀림은 정욱을 시인처럼 보이게 하기에 충분했다. 어쩌면 이미 시인인지도 모르겠다.

"이건 뭐냐? 외계 암호냐?"

상유는 그게 뭔지 모르지 않으면서 전자펜으로 글을 쓰는 친구를 딴 세계의 생명체로 놀리고 싶어졌다.

"그래, 외계로 송출하는 지구 SOS 비밀 문서!"

정욱도 상유의 마음을 알고 장난으로 맞받았다. 하긴, 가늘고 긴 전자펜이라면 외계와 언어 소통도 가능할 것 같아

보였다.

"푸하하하, 외계 암호?"

상유는 크게 웃으며 정욱의 말에 동의했다. 지금 이 지구상에서 소년이 시를 쓴다는 것은 어쩌면 외계의 영역에서나 통할 듯한 그런 낯선 그림이 아닌가.

"보여 줘!"

상유는 진심으로 정욱의 글이 궁금했다.

"이 담에, 하하."

정욱은 겸연쩍어하며 소리 내어 웃었다.

"넌 정말 시인 되고 싶은 거구나?"

"문학은 취미로 하는 거라고 했어."

"누가?"

"작은아버지."

작은아버지라는 말에 상유는 좀 놀랐고, 정욱은 얼굴을 찡그리며 쓴웃음을 지었다.

"작은아버지?"

정욱의 인생에 개입하는 작은아버지의 정체가 궁금했지만, 상유는 차마 더 이상은 물어볼 엄두가 나지 않았다.

"넌, 아마도 시인이 될 수 있을 거야."

"모르겠어. 하지만 시인이 가난하다는 건 알아."

정욱은 자기 말이 부끄러웠는지 피식 웃었다.

"음악가들도 알고 보면 모두 가난했더라. 슈베르트, 모차르트, 베토벤……, 모두……."

정욱의 말이 부끄럽지 않게 해 주려고 상유도 생각난 듯이 언젠가 읽었던 음악가 이야기를 줄줄 늘어놓았다. 그러면서 뭔지 모를 비슷한 운명 같은 기분이 들어서 슬며시 웃음 짓고 말았다.

"난 빨리 돈 벌어야 돼!"

정욱은 자기 말에 무슨 확신이라도 가지려는 듯 다시 하하 소리 내어 웃었다.

"왜 그래야 하는데?"

"알아서 살아야지!"

돈을 많이 벌 거라는 말을 부끄러워하는 정욱을 보며 상유 또한 왠지 얼굴이 달아오르는 걸 느꼈다.

"야, 이건 무슨 조합이냐?"

"문학과 음악?"

소리가 나는 쪽에 홍태 무리가 서 있었다. 학교 이곳저곳에서 계속 부딪히는 건 무슨 이유인지 알 수가 없었다.

"조합 쩐다!"

홍태 무리가 상유와 정욱을 향해 한마디씩 던졌다. 그 애들과 동선이 얽히는 기분은 매번 별로였다. 굳이 피하고 싶지는 않지만, 마주쳐서 불쾌함을 만들 필요도 없었다. 그런데 이상하게 가는 곳마다 마주쳤다.

"어쩌냐, 이렇게 고상한 팀을?"

언제나 홍태 곁에 붙어 있는 병호가 거들고 나섰다.

"무슨 상관이냐?"

상유는 어떤 분노와 같은 마음에 주먹을 꽉 쥐었다. 상유의 태도에 더 놀란 건 정욱이었다. 정욱은 상유의 팔을 잡아끌었다.

"가자."

정욱은 짧게 말하고 상유의 팔을 강하게 끌어당겼다. 정욱의 강경한 태도 때문인지 홍태도 더 이상의 시비는 없었다.

"엮여 들지 마!"

그 어느 때보다 정욱은 단호하게 말했다. 나직하고 침착하기까지 한 말투였다. 정욱은 마치 몇 살 위의 형이나 된 것 같은 완강한 태도를 보여주었다.

"넌 쟤들을 왜 그냥 봐주냐?"

"내가 봐주는 거 같아?"

"그래 보여."

"쟤들은 남 말 안 들어."

"그래도 이게 답일까?"

"우리는 우리 길을 찾아가는 거지."

상유의 이어지는 질문에도 정욱은 말을 돌려 가며 어른스럽게 대답했다.

"암, 우리의 길이 있겠지."

전후 상황을 다 떠나, 상유도 우선 긍정의 말을 내뱉고 말았다. 정욱의 말에 그냥 한껏 동의하고 싶어졌다. 정욱의 말이 상유에게는 늘 옳은 소리로 들렸으니까.

언제나 진지한 정욱은 어떤 소원과 걱정을 가지고 있을까, 정욱이는 시인이 되려는 소원과 시인은 가난하다는 걱정을 동시에 가지고 있는 것이다. 정욱이 가지고 있는 걱정과 소원이 자신과는 얼마나 다른가 하고 상유는 생각해 보았다.

상유는 자신의 소원을 생각해 보았다. 피아노를 계속하

걱정과 소원

려는 소원과 공부로 성공해야 한다는 할아버지의 기대에 맞추어야 하는 현실. 피아노에 너무 익숙해졌지만, 이제 그 습관을 지워 나가야 한다는 생각, 두 마리의 늑대가 생각 속에서 으르렁거리며 싸우고 있었다.

그래서 피아노를 치고 싶다거나, 피아노 선율을 따라 몸과 손이 움직이고 있는 자신을 발견할수록 막막한 기분이 되었다.

시시때때로 글을 쓰고 있는 정욱이를 볼 때, 상유는 피아노를 계속 치고 싶다는 생각이 더 간절해지는 걸 알 수 있었다.

8

분노의 월광

　순식은 지난 화요일 음악 수업을 생각하고 있었다. 대위법을 설명하려고 바흐의 음악 영상을 켰다. 흔한 풍경이지만 음악을 틀고 나면 조금의 기다림이 필요했다.
　어정쩡하게 책상 옆에 서 있는 아이, 뒷자리에 아이에게 뭔가를 빌리는 아이, 옆자리 애와 여전히 장난치는 아이. 그런 소란스러움 중에 음악은 흘러가고 있다.
　음악이란 원래 그런 게 아닐까. 공기와 함께 한쪽 귀로 흘러갔다가, 반대쪽으로 스르르 흘러나가는, 그 찰나의 순간에 누구의 마음 깊은 곳 감정의 줄을 건드리고 사라지는 것. 그럴 때 누군가는 전율처럼 그 소리에 감전되기도 하고, 소스라쳐 놀라기도 할 것이다.

순식은 그래서 음악 감상에는 언제나 기다림이 필요하다고 생각한다. 의자 끄는 소리, 말 소리, 기침 소리 사이를 가로지르며 바흐의 선율이 흘러가는 동안 먼지가 가라앉는 것처럼 실내 공기가 천천히 내려앉는 것을 느낄 수 있을 때, 그들 중에 한 아이가 책상 위에 두 손을 올려놓고 피아노 건반을 짚듯이 손가락을 짚고 있었다. 순식은 그 아이가 상유라는 걸 알아차렸다.

그날 마지막 수업을 마치고 음악실에서 나올 때, 순식은 그 아이가 따라오고 있다는 것을 알았다.

뒤따라오는 기척을 느꼈지만 짐짓 앞만 보며 걸었다. 갑자기 돌아서면 공연히 위협적으로 보일 수도 있을 테다. 따라오는 녀석에게도 자기의 맘을 다잡을 시간은 필요할 테니까.

순식은 속도를 맞추려고 일부러 보폭을 줄여 보았다. 그런데 발자국 소리는 좀 더 멀어지는 것 같았다.

'무슨 일이지?'

짐짓 걸음을 늦추었음에도 따라 오는 속도는 늦어진다는 걸 짐작했다. 본관과 음악실을 이어 주는 회랑이 끝나고, 본

관으로 올라서는 출입문 턱에서 슬며시 돌아보니, 저만큼 멀찍이 한 녀석이 서 있었다. 그다지 먼 거리도 아닌데, 무슨 그리움의 대상처럼 아련하게 보인다. 상유가 맞았다.

순식이 돌아보니 멈칫하더니 그만 휙 돌아섰다. 그 뒤에는 정욱이 서 있었다. 정욱의 옆을 지나서 학교 뒤 숲 쪽으로 상유가 걸어가는 것을 순식은 가만히 볼 뿐이었다.

그런데 몇 주 지나지 않아 드디어 그 애가 말을 걸어왔다. 수업을 마치고, 건성건성 몸을 흔들며 음악실을 나올 때였다.

"저어, 저……."

올 게 왔구나, 하는 생각으로 순식은 슬며시 돌아섰다.

"웬 스토킹?"

역공은 때로 의외의 효과를 올리는 화법이다. 예민한 녀석들일수록 시크하게 대응할 필요가 있다는 게 순식이 가진 나름의 행동 요령이기도 하다.

상유는 가만히 서 있었다. 순식은 눈을 가늘게 하여 상유를 한 번 더 응시했다. 가만히 서 있는 태도가 마치 나무처럼 정적으로 보였다.

아이는 약간 우물쭈물하더니 천천히 말을 풀어놓았다.

"상유라고 하는데요."

"상유? 으흠!"

순식은 길게 숨을 들이마시며 약간 뜸을 들이는 기분이 되어 상유의 다음 말을 기다려 보았다.

"저어…… 쳐도…… 되는지…… 피아노 ……."

'그래, 네가 맞구나.'

순식은 찬찬히 상유를 들여다보았다. 우물쭈물하면서 겨우 꺼낸 말이 종결어미도 없고, 주술 관계도 맞지 않은 토막토막 낱말이었다. 피아노 쳐도 되냐는 말이었다.

'극도의 내향형인가?'

-섬세하지만 어떤 신념을 내재하고 있는 유형?

순식은 느릿한 상유의 말을 기다리며 아이들 사이에서 유행하고 있는 MBTI 유형을 속으로 점쳐보고 있었다.

순식은 웃음을 삼키며, 이럴 때일수록 명쾌하게 대답해 줄 필요가 있다고 생각했다. 그래서 쿨하게 대답했다.

"얼마든지!"

녀석은 씩 웃더니 더 이상 묻지도 않고, 고개를 꾸벅 숙이곤 핑 돌아서 가 버렸다.

순식은 그날 이후 음악실 문을 잠그지 않았다. 다행히 출입문 잠금 장치를 도어락으로 바꾼 지 얼마 되지 않았을 때였다. 비번을 적은 메모지를 피아노 위에 올려 두고, 며칠을 지내면서 음악실 주변을 서성댔다.

음악실은 학교 여러 건물 중에서도 별도로 좀 떨어진 곳에 있었다. 방음 시설이 일부 되어 있긴 하지만 완벽한 정도는 아니었다. 그래서 교실과는 좀 떨어진 외딴 건물에 음악실을 둔 것이다.

그날 뒤로 순식에게는 그동안 없었던 습관이 생겼다. 업무를 마친 뒤거나, 틈이 날 때면 음악실을 빙 도는 게 하나의 루틴처럼 되었다. 마치 발걸음 숫자를 헤아리기라도 하듯이, 또박또박, 천천히 음악실을 돌며 안에서 들려오는 피아노 소리에 귀를 기울였다. 창문에 가까이 귀를 대 보기도 하였고, 피아노가 놓여 있는 곳과 가장 가까운 벽에 등을 대곤 안에서 울려 오는 소리에 집중했다.

쇼팽의 에튀드, 모차르트의 협주곡, 베토벤의 소나타, 그리고 라흐마니노프와 리스트에까지…….

순식은 상유의 연습을 듣는 시간이 좋았다. 해 질 녘 창

밖으로 흘러나오는 라이브 연주는 특별한 감동이었다. 그게 연습이라 할지라도 그냥 흘려보내기에는 아까운 시간이었다. 그래서 상유의 연습 시간을 기다리게 되었다.

어떤 날은 베토벤 소나타에 열중했고, 어떤 날은 쇼팽에, 또 어떤 날은 라흐마니노프에 열중하는 상유의 연습 습관을 차츰 알아가게 되었다.

상유의 피아노 소리는 난데없이 파란 도깨비불이 되기도 했고, 때로는 아렴풋한 라일락 향기가 되기도 했다. 칠흑의 밤하늘에 파란 인광으로 살아나서 음표끼리 부딪치다가 명멸하는 도깨비불이거나 아니면 폐부에까지 직행으로 침투하는 해 질 녘 교정의 라일락 향기가 되었다.

무엇보다 상유의 〈월광〉은 탁월했다. 셋잇단음표로 일정하게 진행되는 1악장의 템포를 정확하게 유지해 가며 선율을 이어가는 솜씨가 놀라웠다. 하나의 박자를 정확하게 셋으로 나누어서 일정한 감정과 템포를 유지해 나가는 테크닉은 이미 보통 이상의 수준이란 걸 말해 주었다. 감정의 완급과 조절이 정확했고, 박자를 이어가는 실력도 놀라웠다. 감탄이 절로 나왔다.

'저렇게 일정한 호흡으로 끌어갈 수 있다니.'

순식으로서는 감탄하지 않을 수 없었다. 사범대학 음악과를 졸업했지만, 순식은 성악으로 시험의 문턱을 겨우 넘었기 때문에 피아노는 언제나 경이의 대상이었다.

대학 때, 피아노를 전공하는 급우의 도움을 받아 가며 〈월광〉 1악장을 연습했던 적이 있었다. 그때 〈월광〉의 고난도 테크닉을 알게 되었다. 그런 순식이 볼 때 상유의 〈월광〉 1악장은 누구보다 탁월했다.

그래서 상유의 〈월광〉 1악장은 고개를 숙여서 듣게 되었다. 그러나 3악장에 가면 상유는 완전히 달라졌다. 거기서 상유는 어김없이 폭발해 버리고 말았다.

'무슨 이유일까?'

3악장이 원래 저런 곡이었나 싶을 정도였다. 무슨 원한을 품은 것 같은 격렬함으로 3악장을 두드려 댔다.

'무엇이 저 아이를 저렇게 몰아가나?'

가슴에 가득한 응어리가 화산처럼 폭발하는 그런 연주였다. 마음에 있는 분노를 쏟아 내는 폭주에 가까웠다.

'어떤 분노일까?'

순식은 상유의 속마음을 알아낼 방법이 없는 것이 안타

까웠다.

'질풍노도의 분노? 아니면 조부 때문에?'

순식은 그 마음을 풀어 주기 위해 뭐라도 해야 할 것 같은 의무감과 함께 어떤 불안으로 몸이 떨리는 걸 느끼곤 했다.

불안으로 몸이 떨릴 때, 알 수 없는 공포감이 망치질을 하듯이 가슴을 두드릴 때, 순식은 어떤 데자뷔 현상처럼 오래된 기억을 되살리곤 한다.

9

음악 좋아하니?

그곳은 텅 빈 공간이었다. 순식은 가쁜 숨을 몰아쉬면서 주위를 둘러보았다. 아무도 없는 넓은 마당이었고, 마당 구석에는 작은 꽃밭도 보였다.

주위는 아주 조용했다.

정신을 번쩍 차렸을 때 음악 소리가 들려오는 것을 비로소 알았다. 피아노 소리였다. 바람이 불어왔고, 붉은 꽃들이 바람에 조금 흔들리고 있었다. 그 꽃대를 흔드는 부드러운 바람과 같은 피아노 소리가 창문을 넘어왔다.

순식은 아무렇게나 털썩 주저앉았다. 새아버지의 몽둥이를 피해 숨이 차게 도망을 나와서 당도한 곳이다.

차가운 벽에 등을 붙이고 가만히 피아노 소리를 들었다.

하지만 무슨 곡인지, 무슨 노래인지 순식으로서는 알 수가 없었다. 심오한 소리였고, 분명 좋은 소리였다. 아무것도 없는 공간에 피아노 소리만 가득했다.

그곳이 교회였다는 것도 나중에야 알았다.

순식은 계부의 폭력과 욕설을 피해 집에서부터 최대한 멀리 달아나야겠다고 생각했을 뿐이었다. 집과 반대 방향으로 얼마를 달렸는지 알 수가 없었다. 시내와는 점점 멀어지고 있었고, 온몸이 땀으로 범벅이 될 때까지 앞만 보고 달렸다.

꽤 멀리 도망 나왔다고 생각했을 때, 건물 하나가 보였다. 낮은 울타리가 있었지만, 마당이 들여다보였고 대문도 없었다. 무턱대고 뛰어들었다. 자동차가 한 대 있는 것으로 봐서 주차장을 겸하는 마당 같았다.

'이렇게 조용한 곳이 있다니?'

순식은 가쁜 숨을 몰아쉬며 주위를 둘러보았다. 마당 끝에 작은 꽃밭이 보였고, 봉선화인지 백일홍인지 붉은 꽃들이 흔들리고 있었다.

피아노 소리가 들려왔고, 붉은 꽃들이 가볍게 흔들리는 것으로 보아 바람이 조금 불고 있었던 거였다.

'이건 뭐지?'

순식이 여태 한 번도 느껴 보지 못한 이상한 고요였다. 어쩌면 그건 평화였는지도 모르겠다.

새아버지의 폭력을 피해서 도망갔던 곳, 흔들리는 풀꽃이 있는 빈 마당, 바람에 실려서 날아오는 피아노 소리, 눈물과 땀으로 얼룩진 순식의 귀에 들어온 것은 평화라는 소리였는지도 모르겠다.

'이런 걸 두고 평화라고 하나?'

사전 속의 말이 실재한다는 것을 처음으로 알게 되는 순간이었다. 피아노 소리가 잠시 멈추었다.

'소리가 그쳤네.'

정적이 찾아왔다. 순식은 신발로 땅바닥 흙을 비볐다. 흙이 조금씩 밀렸다. 이제 돌아가야 될 시간이라고 생각할 즈음이었다. 그때 높고 밝은 목소리가 들렸다.

"누구니?"

순식은 무언가를 들킨 듯, 화들짝 놀라서 일어났다. 소리가 나는 쪽에는 초록 잎사귀 무늬 원피스가 서 있었다.

'무얼 잘못한 건가?'

숨어서 음악을 들은 게 무슨 도둑질이라도 하다가 들킨

것처럼 순식은 어쩔 줄 몰라 했다.

"언제부터 여기 있었던 거야?"

듣기에 따라서는 따지는 말 같기도 한데 말이란 역시 누가 하느냐의 문제인가 보았다. 부드러운 성량 때문인지 거슬리지는 않았다. 언제부터 있었는지 대답하기가 애매해서 순식은 머뭇거렸다. 시계가 없어서 당연히 시간은 알 수 없었다. 우물쭈물 망설이고 있을 때 다시 질문이 이어졌다.

"중학생?"

"예."

순식은 고개를 끄덕이며 대답했다. 나쁜 의도가 아님을 밝혀야 하는 순간이라고 생각했기 때문이다. 그런데 편안한 말이 돌아왔다.

"난 애덕이야. 네 이름은?"

"순식이에요."

순식은 얼결에 이름을 말하고 말았다.

"너, 음악 좋아하니?"

'음악을 좋아하냐고?'

순식으로는 처음 받아 보는 낯선 질문이었다. 금방 대답할 말을 찾지 못했다. 약간 당황스럽기도 했다. 눈앞에는 늘 필요한 것을 해결해야 할 문제만이 있었을 뿐이었다.

음악을 좋아하냐고? 지금 누군가가 취향에 대해 질문을 해 준 거다. 그 말은 너무 신선하게 들렸다. 새아버지의 폭력을 피해 도망을 왔을 뿐이라는 말이 입 밖으로 나오지 않았다.

"다음엔 밖에서 듣지 말고 안에 들어와서 들으렴."

부드럽고 고운 말이었다. 순식은 진심으로 고개를 끄덕였다.

─너, 음악 좋아하니?

낯설고 새로운 물음은 순식의 마음에 오래 남았다. 눈앞에 있는 생존의 문제를 해결하는 것 외 다른 것을 생각해 보는 질문이었기 때문이다.

취향에 대한 질문이라니? 음악도 학교 수업 시간에 필요한 만큼이면 언제나 끝이었다.

필요의 문제가 아니라 기호에 대해 생각한다는 건 새로운 세계였다. 그 생소한 충격은 순식에게는 신선한 목표가 되었다. 그리고 지금까지도 지탱할 수 있는 힘이 되어 준 건지도 모르겠다.

10

광야를 건너는 법

어떻게 하면 모든 것을 다 잘할 수 있을까? 정욱을 보고 있으면 상유는 그런 생각이 더 간절해졌다. 정욱은 모든 면에서 특별한 점이 있었다. 거의 모든 분야에서 두드러졌다.

웬만한 질문에는 막히는 게 거의 없었다. 쉬는 시간엔 아이들이 찾아와서 뭔가를 물었고, 해답을 들은 아이들은 만족한 얼굴로 돌아서는 것을 자주 볼 수 있었다.

'할아버지가 바라는 대로 공부해서 성공도 하고 피아노도 계속할 수 있는 방법은 없을까?'

상유는 정욱이를 보면서 무슨 해답이라도 찾을 수 있을 것 같은 기분이 들곤 했다.

점심 급식을 마치고 정욱이 조용히 학교 뒤 숲속으로 혼자 걸어가는 것을 보았다. 상유도 정욱을 따라 천천히 걸었다. 학교 울타리와 연결된 작은 통로가 있었고, 금방 숲으로 이어졌다. 제법 울창한 나무들이 숲을 이루고 있었다. 나무들은 제각각 이름표를 달고 자신의 정체를 드러냈다.

떡갈나무, 팽나무, 버즘나무, 회화나무, 잣밤나무, 물푸레나무, 느티나무, 굴참나무…….

나무들의 이름들을 속으로 불러보면서 천천히 숲 안으로 들어갔다. 숲 안에는 벤치와 나무 탁자들이 몇 개 흩어져 있는 공간이 있었다.

예상한 대로 정욱은 벤치에 앉아 여전히 뭔가를 쓰고 있었다. 나무 탁자 위에는 시집 한 권이 놓여 있었다.

상유는, 숲속 벤치에 앉아서 핸드폰 화면 위에 전자펜으로 세심하게 글을 쓰고 있는 소년 시인 한 명을 한참 지켜보았다.

－외계로 송출하는 지구 SOS 비밀 문서!

지난번에 정욱이가 상유에게 했던 말이다. 지금 정욱은 지구 밖 어딘가에 비밀 문서라도 전송하는 것처럼 깊이 몰입해 있었다. 탈출을 꿈꾸는 소년이 주인 없이 떠도는 외계의 행성과 교신하기 위해 끊임없이 주파수를 맞추는 절박한 몸부림처럼 보이기도 했다.

상유는 기척을 내지 않고 정욱의 모습을 촬영했고, 정욱의 전화번호에 그대로 사진을 전송했다. 한 줄의 글과 함께.

─지구의 비밀을 전송하는 산업 스파이 현장 목격.

상유는 정욱에게 다가가며 폰을 흔들었다. 정욱이 핸드폰 화면을 보면서 픽 웃었다.

"외계 문서를 공개하시지!"

상유는 진심으로 정욱의 글을 읽고 싶었다.

"이담에…… 하하."

정욱은 여전히 이다음을 반복하며 폰을 접었다.

"시를 쓰는 일이 뭐 감출 일인가?"

상유는 낮은 독백으로 질문하고 있었다.

─피아노 치는 일이 뭐 감출 일인가?

그건 정욱이 상유에게 했던 말이다. 정욱은 상유의 말에 대답을 하지 않았다.

상유는 이제 정욱을 좀 더 이해할 필요가 있겠다고 생각했다. 뭔가를 탐험하듯이 끊임없이 전자펜을 톡톡 두드리고 있는 정욱을, 자신의 글을 아직은 모두 공개하지 않은 그

내면을.

상유는 핸드폰의 노트 기능을 닫으려는 정욱의 손에서 전자펜을 빼앗았다.

"이건 유니콘의 외뿔 같지!"

상유는 전자펜을 자신의 머리 위에 올려 외뿔을 만들며 장난을 쳤다. 정욱을 웃게 해 주고 싶었다.

"그럴지도!"

유니콘의 외뿔이라면 능히 외계의 언어라도 받아쓰기가 가능할 것이리라. 그러면 정욱이가 바라는 멋진 시가 될 수 있겠지.

정욱은 탁자 위에 있던 시집을 집어 들며 말했다.

"들어 볼래?"

"시?"

정욱은 포스트잇으로 표시된 페이지를 폈다. 「푸른 나비」* 라는 제목이 보였다.

"작고 푸른 나비 한 마리가 바람에 실려 날아가다"

정욱이 읽어 가는 시를 들으며 상유는 금방 하나의 장면을 떠올렸다. 푸른 날개를 가진 작은 생명체. 지금 바람에 흔들리고 있는 여린 날개.

알 수는 없지만 뭔지 모를 불안함이 어렴풋이 밀려드는 걸 상유는 느꼈다.

정욱은 이제 시집을 보지 않으면서 천천히 읊어 나갔다. 이미 외우고 있는 게 분명했다.

"영롱한 진주조개 빛 소나기처럼
반짝이고 명멸하다 사라진다.
그처럼 순간의 반짝임으로,
그처럼 스쳐 가는 바람결 속에
나는 보았다. 행복이 내게 손짓하는 것을,
반짝이고 명멸하다 사라지는 것을."

시의 리듬 때문인지 정욱의 목소리는 약간 떨리고 있었다. 그 리듬을 따라가는 기분으로, 상유도 속으로 읊어 보았지만 분명하지 않은 불안감이 감지되었다. 지금 정욱이도 뭔가 불안해하고 있는 것일까?

"야아, 그림 좋은데!"

크고 거친 소리가 울타리 쪽에서 들렸다. 거기에는 역시 홍태와 그 무리가 함께 있었다. 점심 급식을 마치고 혼자 숲으로 가는 정욱을 상유가 따라왔고, 상유가 숲으로 가는 걸 홍태 무리들이 보고 따라온 것이다.

"흥, 누가 보면 둘이 사귀는 줄?"

걸걸한 홍태의 목소리는 짐짓 더 거칠게 들렸다. 홍태 무리는 한껏 비아냥거리며 킬킬거렸다.

"파하! 이건 무슨 책?"

홍태와 그 무리들이 탁자 위에 있던 시집을 집어 들며 한꺼번에 웃었다.

정욱은 아무렇지 않은 듯, 무심하게 시집을 빼앗았다.

"근데, 너냐?"

돌아서는 상유의 어깨를 툭 건드리며 홍태가 물었다.

"뭐가?"

"피아노 잘 친다는……?"

홍태는 모든 걸 알고 있는 것처럼 말했다.

"네가 무슨 상관이야?"

상유는 홍태를 보며 내뱉었다.

"이 구역에서는 포기해라!"

홍태의 목소리가 강압적으로 높아졌다. 하지만 상유는 그 말이 뜻하는 바를 금방 알아챌 수는 없었다.

"그걸 왜 너한테 허락을 받는데?"

상유는 짧게 되물었다.

"가자."

정욱이 상유 앞을 가로막으며, 서둘러 팔을 잡아끌었다. 홍태 일당을 대응하는 정욱이의 방식은 거의 정해져 있었다. 늘 최소한의 대응이었다. 감정을 최대한 절제하면서 분명한 태도를 보여주는 것이 정욱이가 홍태 일당에게 보여주는 굳건한 모습이었다.

"좋은 말로 할 때 포기해라!"

홍태 무리 중에서 한 명이 정욱과 상유 뒤에 대고 소리를 질렀다. 홍태 무리의 입에서 피아노 얘기를 듣게 된 것은 뜻밖이었다.

"웬 참견?"

상유는 고개를 돌려 한마디를 던져 주고 돌아섰다.

수업을 모두 마치고 상유는 정욱과 함께 교문을 나섰다.

둘은 자전거를 끌며 나란히 걸었다. 자전거를 타고 달리면 이야기를 나눌 수 없기 때문이다.

"홍태 자식들이 피아노 포기하라는 이유 알아?"

정욱이 상유에게 물었다. 정욱은 그 물음에 이미 답을 알고 있는 표정이었다.

"나야 모르지."

상유로서는 짐작도 할 수 없는 질문이었다. 환경과 여건에 익숙하지 않다는 건 그래서 때론 원치 않은 약자가 되고 마는 거였다.

"홍태 친척 중에 피아노 잘 치는 애가 있다고 들었어."

정욱은 역시 정보에도 밝았다. 홍태네 친인척에 대한 것까지 알고 있었다.

"그래서?"

"예술 프로젝트 땜에 그러는 거 같아."

"아, 그런 거였어?"

"그래 보여. 너랑 경쟁하면 홍태네 친척 걔는 분명 안 될 거니까."

"하지만……."

"그래. 하지만 넌 콩쿠르에 별 관심은 없다는 거지?"

상유는 선뜻 동의하지 못하면서도 자신의 마음을 읽어 주는 정욱이가 새삼 대단하게 생각되었다.

"음, 지금은 관심 밖이야."

"하지만 사람 일은 모르는 거잖아? 하하."

정욱은 역시 세심한 면이 있었다. 상유가 속으로 감탄하고 있는 사이에 정욱은 마치 수더분한 아저씨처럼 너털웃음까지 웃어 가며 상유의 마음을 대변해 주었다.

그거였구나. 홍태 일당이 집요하게 귀찮게 구는 이유가 무엇인지, 비로소 어려운 방정식 풀이 방법을 들은 기분이었다.

"근데, 넌 걔들을 왜 그냥 봐주는 거야?"

상유에게는 정욱이 홍태 무리를 그냥 봐주고 있는 것으로 보였다.

"그렇게 보여?"

"네 말이면 그 애들도 잠잠해질 것 같은데."

정욱에게는 함부로 덤비지 못하는 홍태를 봤기 때문이었다. 정욱은 금방 대답하지 않았다. 그러더니 크게 숨을 한번 내쉬었다. 그러곤 평소보다 좀 느리게 말을 이었다.

"엮이고 싶지 않아. 난 조용히 학교를 마치고, 최대한 빨리…… 떠나는 게 목표야."

정욱은 보통 때보다 좀 더 낮은 음성으로 진지하게 말했다.

"떠나? ……떠난다고?"

빨리 떠나는 것, 그게 정욱의 목표라고 했다.

평소보다 좀 더 심각한 감정이 정욱의 얼굴에 드러났다. 상유는 모든 상황을 금방 이해할 수 없었다. 정욱도 별 설명이 없었다. 잠시 동안 어색한 침묵이 흘렀다.

"주말에 자전거 타러 갈래?"

짐짓 기분을 바꾸고 싶어서 상유가 먼저 제안했다. 언젠가 정욱이 말했던 기념관에 가 보고 싶었다. 도시 끝에는 문인들 기념관이 있고, 거기에 가면 나무백일홍을 볼 수 있다고 했다. 나무백일홍은 웬만한 폭풍우에도 줄기차게 꽃을 피우는 강인한 나무라고 한다.

폭풍우에도 끄떡없이 꽃을 피우는 나무백일홍은 어떤 모양일지 상유는 보고 싶었다.

"난, 알바해야 돼."

"알바?"

정욱이가 아르바이트를 한다는 건 처음 듣는 말이었다.

"아는 형들 심부름이야."

빨리 돈을 벌고 싶다는 말은 그냥 해 본 말은 아니었구나.

"시간 많이 걸려?"

"아냐, 간단해!"

정우는 애써 무심하게 내뱉었다. 하지만 알바라는 말은 이상한 불안감을 몰고 왔다.

"내가 도와줄까?"

"아냐!"

정욱의 태도는 의외로 강경했다.

"도와줄게!"

"필요 없다니까."

정욱의 완강한 태도에 상유는 잠시 멈칫했다.

"같이 하면 쉽지 않나? 빨리 마칠 수도 있을 텐데……."

상유는 단지 돕고 싶은, 그런 마음이었다. 하지만 정욱의 반응은 의외였다.

"참견하지 마!"

돕겠다는 호의를 단칼에 거절하는 건 보통 때 정욱의 모습이 아니었다. 평소와는 사뭇 달랐다. 상유로서는 더 이상

할 말이 없었다. 그간의 정욱에게서 볼 수 없었던 태도였는데, 그래서 상유의 불안은 더 증폭되었다.

* 헤르만 헤세의 「푸른 나비(Blauer Schmetterling)」, 『방랑(Wanderung)』(이은정 옮김)

11

한판 붙자!

홍태 무리들과는 교내에서 여전히 자꾸 부딪혔다. 컴퓨터 실에서 나오다가 또 마주쳤다. 홍태와 그 주변에 늘 붙어 있는 패거리가 복도를 가로막고 있었다.
"비켜!"
상유는 홍태를 향해 날카롭게 말했다.
"그냥은 못 지나가지!"
홍태의 말소리는 능글능글했고, 눈빛은 번들거렸다.
"뭥미?"
어이없는 시비에 상유는 오히려 시큰둥했다.
"그냥은 못 간다고!"
홍태가 제법 소리를 높였다.

"네 구역이라도 되냐?"

"그러면 어쩔래?"

애초부터 말이 통하지 않는 무리였지만, 아무 말이나 막 지르고 있었다.

"아예 그냥 한판 붙자."

상유가 내뱉은 말에 외려 정욱이 더 놀랐다.

"아냐."

정욱이가 황급히 상유의 말을 가로막았지만, 홍태의 반응이 금방 돌아왔다.

"그래, 기다렸다."

홍태는 즉각 대답했다. 듣고 있던 정욱이 놀라며 손을 내저었지만 영향은 없었다.

"방법은 내가 정한다. 꼬리 붙이기 없다."

"좋아, 맘대로 해 보셔."

상유의 태도가 완강했는지, 홍태도 적이 놀라는 표정이었다. 그것을 보고 있던 정욱은 어떻게 해서라도 이 사태를 무마하려고 애썼지만 별 소용이 없었다.

소문은 삽시간에 퍼져 나갔다. 교실에 돌아오니, 아이들이 모여서 수군거리고 있었다. 정욱은 난감함을 감추지 못하고 있었다.

"걱정하지 마."

상유는 그렇게 말했지만 정욱의 얼굴에는 걱정이 역력하게 드러났다.

"괜찮을까?"

"걱정 마, 내 방식대로 할 거야."

상유가 제안한 방법은 3 대 3 족구였다. 상유의 제안에 홍태는 처음에는 어이없다는 표정이었다.

"그게 아니면, 학교 안에서 패싸움이라도 할래?"

상유의 태도가 너무 확고해 보였기 때문이었는지, 아니면 강경한 말투 때문이었는지 홍태는 반 아이들이 보는 앞에서 곧바로 승낙했다.

한판 붙는다는 소문은 불길처럼 확 번졌다. 배구장 옆에 만들어진 족구장에는 이미 반 아이들이 모두 몰려 있었다. 홍태와의 대결이라는 말에 옆 반 아이들까지 모여들었다. 족구장 주변은 PGA 경기라도 열리는 듯 응원객들로 북적였다.

상유와 정욱이 당연히 한 팀이 되었고, 정욱의 절친인 만능 스포츠맨 강민이 합류했다. 강민은 족구 3 대 3 결투 소식을 듣자마자 자원해서 순식간에 팀이 뚝딱 만들어졌다.

강민은 모든 운동에 능했지만 구기에는 더 자신 있다고 했다. 하긴 축구 시간에 운동장을 누비는 강민을 본 사람은 강민이 얼마나 능숙하게 공을 굴리는지 대부분 알고 있었다.

홍태 팀은 늘 함께 다니는 무리들로 팀을 만들었다. 눈을 씻고 봐도 운동 신경은 있어 보이지는 않은 조합이었다. 한눈에도 둔하고 무딘 캐릭터로 보였다. 공연한 영웅 심리 때문에 몰려다니면서 주변의 아이들을 괴롭히는 무리라는 게 드러나는 순간이었다.

3 대 3 결투 소문은 교무실에도 금방 알려졌다. 처음에는 패싸움으로 전달되어 교무실도 일순간 긴장했다. 학생주임이 수업에 들어가면서 순식에게 부탁을 했다.

"녀석들이 사고 치는지 경과를 좀 지켜봐 주세요. 소동이 일어나면 수업 중이라도 금방 알려 주세요."

순식은 거리를 두고 이들의 3 대 3 족구 경기를 지켜보기로 했다.

"와, 와!"

족구장에서 함성이 일어났다.

순식은 족구장이 보이는 복도 끝에서 함성을 듣고 있었다. '와아' 하다가 금방 '에이' 하는 실망이 터지기도 했다. 멀찍이 서서 경기를 가늠해 보는 것도 썩 나쁘진 않았다.

시야를 넘어서는 거리여서 스코어는 정확히 알 수는 없었다. 하지만 정황만으로도 정욱과 상유 팀이 열세에 몰리는 건 아니라는 걸 짐작할 수 있었다. 관중의 응원도 정욱 팀에게 쏠리고 있는 것 같았다.

시도 때도 없이 주먹 자랑을 해대는 홍태 무리의 무력 앞에 아이들이 쏠려 가는 건 아닐까 했지만 쓸데없는 걱정이었다. 다행스러웠다. 순식은 내심 안도했다. 아이들의 속마음을 가늠해 보게 된 건 하나의 수확이었다.

반 아이들 사이에서 정욱의 인기는 변함이 없었다. 책임감도 있고, 성적도 전교에서 순위를 다투었고, 무엇보다 유순한 성격이었다. 모두가 좋아할 수 있는 조건을 갖춘 유형이다. 하지만 어딘지 모를 우수에 잠겨 있는 것은 걱정스러운 일면이었다.

가정 환경이 썩 좋은 편은 아니라는 건 주변 교사들로부터 자주 들었다. 그래서 그런지, 뭔지 모를 걱정을 껴안고 있는 모습을 종종 볼 수 있었다. 그러다가도 관심을 보이면 아무렇지도 않다는 듯, 괜찮아요라는 표정으로 금방 해맑게 바라보곤 하는 게 더 안쓰러웠다.

'어려운 일이 있다면 도움을 청해도 될 텐데.'

정욱을 향해 가지고 있는 순식의 솔직한 마음이었다. 하지만 다가가는 게 쉽지만은 않았다.

족구장에서 상유가 함께 뛰고 있는 걸 생각하니 순식은 이상하게 웃음이 났다. 수업을 마친 뒤에 홀로 음악실로 달려가곤 하던 상유의 고독한 모습을 지켜봐야 하는 마음은 그 뒷모습만큼 무거웠다.

무엇보다, 폭발적인 분노의 〈월광〉 3악장을 들을 때마다 걱정이 앞섰다. 상유의 3악장은 진정 분노의 〈월광〉이었다.

불가피한 방향 전환 때문에 저도 모르는 사이에 생긴 불안일까, 상유에게 직접 묻고 싶었지만 여태 망설이고 있는 자신의 모습이 더 못나게 여겨져 순식은 크게 숨을 뱉었다.

경기 시작 전에, 강민이 세웠던 전략은 맞아떨어졌다. 전체적인 공격은 강민이 전적으로 맡았고, 정욱은 시간차 공격을 맡기로 했다. 발등으로 상대방의 허점을 강타하는 강민의 강속구에 홍태 팀은 속수무책으로 당했고, 정욱의 기습 공격에도 무방비였다.

갤러리처럼 몰려 있는 반 친구들은 모두 심판이 되어 주었다.

강민은 자유자재로 공을 굴렸다. 공격도 잘했고, 수비는 더 잘했다. 운동화에 무슨 자기장이 작동하는 것처럼 공을 능숙하게 조정했다. 점심시간마다 운동장을 누비던 강민의 실력이 아낌없이 드러났다.

기대 이상으로 경기가 풀려 가는 것에 상유는 기분이 한층 고조되었다.

"나이스!"

득점 순간마다 강민이는 나이스를 외쳤다. 강민이의 묵직한 목소리는 운동장에 울려 퍼졌고, 이상할 정도로 힘이 났다.

무엇보다 상유는 전학 오기 전, 피아노 클래스 친구들과 가장 재미있게 했던 놀이가 족구였다. 손을 많이 사용하지 않고 즐길 수 있는 종목이 족구였다. 그래서 족구는 그리 어색한 스포츠는 아니었다.

상유 팀이 첫 세트에서 무난하게 15점을 선점했다. 아이들의 환호성이 하늘을 찔렀다. 심정적으로는 반 아이들이 상유 팀을 응원하고 있다는 걸 알 수 있었다.

2세트는 듀스까지 끌어서 홍태 팀에게 돌아갔지만, 마지막 게임은 15대 7 하프 게임으로 세트를 마쳤다. 어렵지 않게 이겼다. 아이들이 함성을 내질렀다.

"이제 교실이 좀 조용하겠지."

상유 팀의 승리를 본 반 아이들이 돌아서며 삼삼오오 낮게 웅성거렸다. 홍태 무리의 허세가 모두 거슬렸지만 조용히 묻어 가려는 아이들의 열망이 족구 게임 승리로 대리 만족하고 있는 것을 알 수 있었다.

족구장에서 다시 터져 나온 와아, 하는 소리에 순식은 목을 빼서 경기장 쪽을 다시 살펴보았다. 건강한 함성이었다.

"좋을 때다."

순식의 입에서 부러움 섞인 감탄이 저절로 나왔다. 순식은 아무도 살펴 주지 않았던 자신의 지난 시간이 떠올랐다. 거친 광야에서 홀로 흙바람을 견디며 지내 온 시간들이었다.

저들도 지금 그 광야를 지나고 있을 거라는 데 생각이 미치자 저절로 머리가 무거워졌다. 그래서 저들이 내지르는 함성이 더 힘차게 들리는지도 모르겠다.

12

평화라는 소리

교회 뒷마당에서 피아노 소리를 들은 뒤로 순식은 제 발로 교회에 찾아가게 되었다. 아무런 인기척이 없는 날도 있었고, 개미 한 마리 얼씬하지 않는 날도 있었다. 그러면 마당 한 켠에 앉아 있다가 슬그머니 빠져나오곤 했다. 그렇게 헛걸음하기를 몇 번째 하던 날, 애덕 누나가 자전거를 타고 들어왔다.

"왔구나."

"예!"

"무슨 용건이 있어?"

"아뇨, 그냥…… 지나다가……."

지나다가라는 말은 거짓말이다. 일부러 찾아온 것이다.

"그래, 너 정말 음악 좋아하는구나!"

음악을 좋아했었던가? 적절하게 대답할 말이 없었다.

그럴지도.

다만 음악이라는 걸 한 번도 제대로 경험해 본 적이 없었을 뿐이다.

"여기 있지 말고 교회 안으로 들어와. 내가 노래도 가르쳐 줄게."

그렇게 애덕 누나를 따라 들어간 곳은 교육관이라는 팻말이 붙은 넓은 방이었다. 긴 의자가 많이 있었고, 피아노가 있었다.

"너 이 노래 불러 볼래?"

애덕 누나가 건네준 악보는 영어인지 독일어인지 알지 못할 노랫말이 적혀 있었다.

"이건 이태리 노래야. 어쩌면 잘 할 수도 있겠다."

욕설, 악다구니, 고함, 그리고 이어지는 폭력, 그런 게 아니라 목소리로 노래를 부르다니.

순식은 약간 감동스러운 기분이 되었다.

"이태리 노래는 쉬워. 영어 발음 기호 읽듯이 글자 그대로 그냥 읽으면 돼."

애덕 누나가 먼저 노래를 불렀다. 순식은 그 누나가 불러 주는 대로 그저 띄엄띄엄 따라 불러 보았다.

"비디 오 마레 구안테 벨로 스피라 탄토 센티멘토~"

노래라고 할 수 없는 무슨 읊조림 같았다. 하지만 애덕 누나의 칭찬이 돌아왔다.

"어? 곧잘 따라 하네."

"제목이 뭐예요?"

"〈돌아오라 소렌토로〉라는 노래야. 사랑하는 사람이 떠나려고 하니 가지 말라고 간청하고 있는 거지. 재미있지?"

피아노 소리를 듣고, 그 소리를 따라 노래를 부르고……. 평화의 시간이었다.

그러나 평화는 그리 길지 않았다. 밖에서 귀에 익은 목소리가 들려왔다. 곧 욕설로 이어지는 목소리였다. 새아버지 목소리가 분명했다.

"여긴 뭐 하는 데고? 빨리 안 나오나?"

순식은 새아버지의 팔에 잡혀 교회 마당으로 끌려 나갔다. 참 비참하고, 부끄럽고, 치욕스러운 순간이었다.

새아버지가 어떻게 교회를 찾아냈는지 알 수 없는 일이었다.

13

노을 공원

"자전거 탈 수 있어?"

며칠 만에 순식을 보자, 애덕 누나는 대뜸 자전거 얘기를 꺼냈다.

새아버지에게 짐승처럼 질질 끌려 나간 그 치욕스러운 사건에 대해 변명이라도 해야겠다고 생각하고 애덕 누나를 찾아온 거였다. 그런데 느닷없이 자전거 얘기였다. 새아버지 사건은 까맣게 잊고 있는 것으로 보였다.

'자전거를 탈 수 있냐고? 이 누나가 날 뭘로 보시나.'

순식은 피식 웃음이 나왔다. 헛웃음이었다. 온갖 아르바이트로 잔뼈가 굵은 몸이다. 그중에서도 가장 오래 한 일이 자전거로 시장의 짐을 나르는 일이었다.

  문 앞에까지 배송해 주는 택배가 그렇게 많지 않았던 시절에, 시장에 있는 가게에서 얼음을 채운 아이스박스를 자전거에 싣고 가서 시외버스 짐칸에 올려놓는 일이었다. 그러면 도착지에서 주문한 사람들이 받아 가는 시스템이었다. 자전거라면 사람을 둘도 태우고 달릴 수 있는 실력이다.

  새아버지의 손에 무참히 끌려가는 모습을 보여준 뒤에 순식은 애덕 누나를 다시 볼 수 없을 것 같았다. 하지만 도저히 그냥 지날 수가 없었다. 어쩌면 피아노 소리를 끝내 포기할 수 없었다는 표현이 맞을지도 모르겠다.

  그래서 다시 교회에 갔다. 그러자 순식을 보자마자 애덕 누나가 처음 던진 말은 자전거 탈 수 있느냐였다. 순식의 수치심을 무마해 주려는 의도였을 것이다.

  "그러면 다음 토요일에 저기 언덕 위 노을 공원에 갈래?"

  순식은 금방 좋다고 했다. 못 갈 이유가 있겠는가.

  바다가 한눈에 내려다보이는 노을 공원이다. 해양 공원이라는 이름이 있어도 사람들은 어쩐지 그곳을 노을 공원이라고 불렀다.

페인트 칠이 벗겨진 오래된 정자가 있고, 낡은 운동 시설이 몇 개 흩어져 있고, 폐타이어 놀이 기구가 있고, 낡은 정글짐이 있는, 놀이터와 휴식처를 겸하는 공간이었다.

토요일 오후라서 정글짐을 타고 노는 아이들과 운동 시설에서 팔돌리기를 하는 사람들이 있었다.
노을 공원 정상에서는 바다가 한눈에 들어왔다. 바다라기보다는 호수 같은 곳이다. 겹겹이 섬으로 둘러싸여 있어서 바다는 늘 잔잔했다. 풍파가 없다면 얼마나 좋으랴.

"새아버지였어요."
순식은 앞뒤 맥락없이 그냥 툭 뱉어버렸다. 연습도 없이, 말이 툭 튀어 나와 버렸다.
"그랬구나."
어느 정도 짐작했다는 뜻인지, 무슨 상관이냐는 뜻인지 알 수 없는 무심한 대답이었다. 그러면서 엉뚱하게 바다 이야기를 했다.
"저렇게 늘 잔잔하면 얼마나 좋으랴!"
애덕 누나는 혼잣말처럼, 대답을 필요로 하지 않은 듯,

바다를 바라보며 말했다.

"누나는 좋아하는 사람 있어요?"

그 역시 정말 느닷없이 튀어 나온 말이었다. 수습이 불가능했다. 이미 던진 말이라서 어쩔 수가 없었다.

"어떤 사람 좋아해요?"

애덕 누나는 재미있다는 듯이 잠시 물끄러미 보았다.

"아마도 저 바다를 건너가야겠지."

애덕 누나의 대답은 금방 알아들을 수 없었다. 그리 멀리 있다는 뜻인지, 아니면 바다를 건너가야 만날 수 있다는 뜻인지, 바다 건너서 더 큰 도시에 있다는 뜻인지, 순식으로서는 종잡을 수 없는 말이었다.

"좋아하는 사람 없다는 뜻이죠?"

"그렇게는 말 안 했는데……."

애덕 누나가 웃으며 순식을 보았다.

"내가 누나 좋아하면 안 돼요?"

마음 저 깊은 곳에 숨어 있던 말이 불쑥 튀어 나오고 말았다.

애덕 누나는 잠시 웃는 듯하더니 다른 말은 없었다.

14

혹독한 대가

노을 공원 소풍의 대가는 혹독했다.

"네 녀석이 감히……."

그래, 그 말은 정확한 표현이다. 애덕 누나와 연애라도 했냐고? 좋은 누나일 뿐이었다. 음악이라는 새로운 세계가 있다는 것을 알려 준 사람이다.

학교를 마치고 인쇄 공장에서 밤일 아르바이트까지 마치고 나온 늦은 귀가였다. 집에 돌아오는 시각은 언제나 늦었지만, 그날따라 밤길은 이상하게 더 어두웠다. 그런데 불길한 예감은 틀리는 법이 없다는 것은 불변의 진리였다.

골목 어귀에서 검은 그림자 셋이 불쑥 나타났다. 전기 자극 같은 불길함이 덮쳤다.

"너냐?"

겁이 나는 것고 아니고, 무서운 것도 아니었다. 그냥 올 것이 왔나? 하는 그런 기분이었다. 최근 얼마간 여태까지 한 번도 생각해 보지 못한 분수에 넘치는 평화와 같은 기분을 누리지 않았는가? 그런 보상 뒤에 필시 대가가 있으리라는 예상은 특별한 것도 아니다.

"짜샤! 질문을 들었으면 대답을 해야지."

"무슨 대답?"

그 말과 함께 바로 주먹이 날아왔다.

"짜식이 분수도 모르고."

이유도 모르는 주먹과 발길질이 이어졌다. 비틀거리고 일어나면서 순식은 간신히 내뱉었다.

"넌 누군데?"

순식은 복부를 움켜쥐며 소리를 질렀다.

"짜식이, 말하면 네가 아냐?"

"어디서 형에게 말대꾸냐!"

"어디 감히 애덕이를……."

그러곤 다시 주먹질이다.

ㅡ아, 그거구나. 애덕 누나.

애덕 누나의 이름을 듣자 순식은 그냥, 마음이 턱 떨어지면서 온몸에 힘이 빠져나갔다.

―그런 거였어.

다시 주먹이 날아왔다. 순식은 그냥 체념하기로 했다. 공연한 방어나 반격은 오히려 더한 주먹을 불러올 뿐이라는 이치는 그동안 살면서 터득했다.

―그냥 맞기로 하자, 애덕 누나 때문이라잖아.

새아버지의 폭력에 그동안 어지간히 단련된 탓에 맷집도 어느 정도 붙었고, 무엇보다 별로 무섭지가 않았다.

퍽, 퍽, 퍽.

강한 펀치가 날아들었다. 코피가 나는지 찝질한 액체가 입술을 적셨다. 코가 내려앉는 기분이었다.

주먹이 다시 눈두덩이를 쳤다. 순식은 뒤로 나뒹굴었다. 그러곤 또 발길질이 이어졌다.

순식은 한마디 고함을 절규처럼 내질렀다.

"너 따위도 아니고, 나 따위도 아냐!"

찝질한 액체의 맛이 입으로 전해졌다.

"이 짜식 왜 이래?"

"뭐라는 거냐?"

무저항으로 대응하는 순식이의 태도에 저들도 순간 겁이 났는지, 발길질을 멈추었다.

"일 커질라!"

"가자."

"짜식이 겁이 없노?"

그들의 태도가 갑자기 돌변하더니, 손을 털고 우르르 달려 가버렸다.

순식은 길바닥에 그대로 널브러졌다. 가로등이 흐리게 보였다. 눈에 피가 들어갔는지 앞이 침침했다.

"이 멍청이들아, 너 따위도 아니고, 나 따위도 아냐! 애덕 누나가 좋아하는 사람은 다른 데 있어."

순식은 허공에 대고 절규를 토했다. 듣는 사람은 아무도 없었다. 순식의 소리에 놀랐는지, 어느 집 강아지가 마구 짖기 시작했다. 그러자, 다른 개들도 함께 짖어 댔다.

"호수와 같은 바다를 건너서 풍파가 함께 있는 그곳 말야. 너희들은 그곳이 어딘지 알아? 알면 좀 가르쳐 줘."

알지 못할 눈물이 쏟아졌다. 순식은 일어나려고 했지만 일어날 수 없었다.

15

풍경

―쌤이 너 만나재.

토요일 아침, 상유는 정욱의 문자를 받았다.

―순식 쌤?

―응.

상유가 문자를 보낸 지 1분도 지나지 않아 정욱의 답이 금방 돌아왔다. 장소를 확인하고 상유는 외출을 서둘렀다. 감청색 옥스퍼드 면 셔츠를 입고 검정 스니커즈를 신었다. 스니커즈의 얇고 부드러운 밑창은 발바닥의 감각을 예민하게 느낄 수 있어서 좋았다. 그래서 피아노 페달을 밟을 때도 발바닥에 전해지는 페달의 감각을 즐길 수 있었다.

거리에는 청소년 예술 행사를 알리는 현수막이 곳곳에

걸려 질서 없이 나부끼고 있었다.

청소년 음악 경연 대회
JUNIOR MUSIC FESTIVAL COMPETITION

바람에 나부끼는 현수막은 소리 없는 아우성처럼 무질서하게 펄럭였다. 질서 없이 흩날리는 깃발 때문인지 상유의 마음은 어쩐지 심란스러웠고, 불안했다.

'기분이 쎄하네.'

내리막길을 내달리는 자전거는 페달을 밟을 필요도 없었다. 가슴 가득하게 밀려드는 바람은 감청색 옥스퍼드 셔츠를 빵빵하게 부풀렸다. 자전거를 탄 상유는 그대로 날아서 멀리 가고 싶은 기분이었다.

해안가를 돌아가면 디저트 카페가 나온다. 최근에 아이들 사이에서 인기가 있는 디저트 카페에는 입맛을 다시게 하는 온갖 메뉴가 줄줄이 있다. 딸기 생크림 빙수, 망고 아이스크림, 녹차 아이스바, 바나나 브라우니, 옛날 팥빙수까지.

출입문에서 상유는 슬쩍 안을 들여다보았다. 주말이라 그런지 실내는 제법 붐볐다. 익숙한 실루엣이 얼핏 눈에 들어왔다.

─무슨 일일까? 음악실 땜에?

상유가 개별적으로 음악실 사용하는 문제로 아이들 사이에서 특혜를 받고 있다는 불만의 소리가 나오고 있다는 건 짐작으로 느낄 수 있었다. 그러나 한번 시작하니, 쉽사리 그만둘 수가 없었다. 오래 몸에 익어 온 관성이 발동한 것이었다. 수업을 마치고 자동 로봇처럼 발이 저절로 음악실로 향하는 것을 상유 자신도 제어하기 어려웠다.

게다가 어느 기관 홈페이지 게시판에 익명의 기사에 관한 얘기도 들었다. 상유는 그 기사 얘기를 듣고 뭔지 모를 부담을 느끼고 있었다. 그래서 섣불리 카페 문을 열지 못하고 서성이고 있었다. 어깨를 두드리는 손길이 없었다면 상유는 얼마나 더 입구에서 서성였을지 모르겠다.

"너도?"

정욱이었다.

"호출 이유는 나도 몰라."

정욱은 이미 상유의 궁금증을 알아채고 있었다.

상유와 정욱이 출입문을 밀고 들어오는 것을 본 순식은

한 편으로 마음을 쓸어내렸다. 만나자고 했지만, 꼭 온다는 보장은 없었다.

−요즘 아이들이 우리 말을 들어야 말이지!

굉장히 위험한 일반화이기는 하지만, 그렇다고 꼭 틀린 말은 아니었다. 까칠하기가 오뉴월 보리까끄라기는 저리 가라 할 정도가 아닌가? 유사 이래 아마도 가장 까칠한 세대임이 분명할 거다.

그런 그들이 묻지도 따지지도 않고, 둘이서 들어오고 있다. 언제나처럼 별 표정 없는 무심한 얼굴로.

성큼성큼, 다가오는 그들의 어깨 위에는 이상할 정도의 풋풋함이 유월의 햇살처럼 넘실댔다. 저들이 미처 알지 못하는 사이에 지나가 버리는 인생의 찬란함. 유월의 연한 잎사귀 위에 빛나는 햇살 같은 찬란함이 저들의 어깨 위에서, 머리칼에서 빛이 나지만 정작 그들은 눈치채지 못하고, 그 사이에 찰나의 기억처럼 날아가 버리는 것.

저들이 그걸 눈치채지 못하는 게 순식은 안타까울 뿐이었다. 아무도 살펴주지 않았던, 황폐했던 자신의 지난 시간 때문에 순식은 지금 저들의 모습이 얼마나 소중한지 박제라도 해 두고 싶은 마음에 더욱 주시하게 된다.

흙먼지로 손이 트고, 손등이 갈라지고, 피가 삐져나오고, 필요한 것을 해결하느라 언제나 자전거를 타고 돌아다니며 전전긍긍해야 했던 애타는 시간들에 대한 보상을 저들에게서 찾으려는 듯 순식은 그들을 깊이 응시했다.

"빙수 먹자고 불렀어."

둘이 푸후 하며 동시에 웃음을 터트렸다. 빙수가 본론은 아니죠, 라는 반응이었다. 한편으로는 웃어 주는 그들이 다행스럽기도 했다.

보숭 보숭, 짧게 깎은 머리칼 위에 창에서 비쳐든 햇살이 스쳐 지나간다.

"정욱이는 요즘 뭐 해?"

"예, 알바해요."

"알바?"

순식은 일순 놀랐다. 아침 먹었니?와 같은 의례적인 질문일 뿐이었는데 정욱이의 리얼한 대답에 순식은 순간적으로 긴장할 수밖에 없었다. 흔히 하는 말로, 예능으로 물었는데 다큐가 돌아온 것이다.

순식은 상유를 쳐다보았다. 상유에게서 뭔가 부연 설명을 구하는 모습이었다. 하지만 상유도 가볍게 고개를 끄덕일 뿐 다른 반응을 보이지는 않았다.

상유는 정욱의 아르바이트를 알고 있었지만, 지금 이 순간, 새삼 당황스럽기는 상유도 마찬가지였다. 알바 얘기를 처음 들었던 때 느꼈던 불안감이 되살아났다.

순식은 애써 태연하게 정욱을 보았다.

"어떤 알바?"

순식의 물음에는 조심스러움이 한껏 묻어 있었다.

"예, 간단한 거예요. 아는 형들 심부름요."

정욱의 해맑은 대답에도 불구하고 순식의 마음에는 알지 못할 불안이 스쳐 지나갔다.

우유를 갈아서 만든 눈꽃 빙수의 얼음이 차츰 내려가고 팥이 보일 즈음에 순식은 상유를 보았다.

"상유, 콩쿠르 나가 볼래?"

순식은 저도 모르게 툭 던지듯이 제안했다. 다소 길고 복잡하기도 한 내용을 어떻게 요약해서 전할 수 있을지 조금 막막해져서 결론을 먼저 말해 버린 거였다. 불쑥 던진 말은 다소 도전적인 질문이 되고 말았다. 순간 놀라는 듯한 상유와 정욱의 짧은 표정이 그것을 말해 주고 있었다.

"학생 예술 프로젝트라는 게 있어."

순식은 설명을 덧붙이면서 좀 유연해 보려 했지만 불쑥 던진 말의 여운은 여전히 딱딱한 돌덩이처럼 굳어 있었다.

JUNIOR MUSIC FESTIVAL COMPETE

상유는 거리에서 나부끼고 있던 현수막을 떠올리면서 할아버지를 생각했다. 콩쿠르라니, 지금 상유에게는 뜻밖의 제안이었다.

―피아노는 그만두고 공부해서 법관도 되고 변호사도 돼야지!

할아버지가 제시해 준 인생의 목표는 분명했다. 다만 상유가 그동안 생각해 보지 않았던 영역인 것만은 분명했다.

"좋은 기회가 될 것 같지 않니?"

순식은 어느새 간곡한 마음으로 동의를 구하고 있었다. 하지만 상유의 반응은 신통치 않았다. 가만히 생각에 잠기더니 조금 난처한 표정으로 조용히 고개를 가로저었다.

"안 될 것 같아요."

"왜?"

"할아버지……."

"할아버지가 반대하실까 봐?"

조심스럽게 고개를 끄덕이는 상유를 보며 순식은 학기 초 교무실에서 보았던 민 노인을 생각했다.

―이제 공부 길로 들어서야지요!

교무실을 방문했던 상유 외조부 민 노인의 그 강고하고 엄격했던 말투를 순식은 아직도 생생하게 기억하고 있었다.

짧은 어색함 때문에 분위기가 금세 싸아해졌다.

"에이, 너무 심각해졌네."

순식이 분위기를 바꾸려고 주섬주섬 자리에서 먼저 일어났다.

"어디 가서 노래나 부를까?"

남은 이야기가 있는 것 같았지만, 모두 밖으로 나갔다.

거리에는 햇살이 내리쬐고 있었다. 이제 잎이 무성해져서 푸르름이 금방 더 짙어질 것이다.

숲은 녹음으로 더욱 짙어질 것이고, 산길은 풀에 뒤덮일 것이다. 그럴 때는 산길에서 종종 길을 잃을 수도 있을 거다. 방향을 잃게 되면 방황할 수밖에 없는 것이 인생이다. 그러면서 선과 악의 경계에서 내던져진 존재로 살아가게 되는 것이다.

16

광야의 질주

교차로에서 셋은 헤어졌다. 순식은 상유와 정욱을 보내고 천천히 걸었지만, 무엇 때문인지 불편한 기분은 사라지지 않았다. 해야 할 일을 마치지 않은 것 같은 찜찜함, 풀지 않은 과제를 그대로 안고 가는 기분이었다.

'정욱이 때문인가?'

정욱이 아르바이트를 한다는 건 다소 의외였다. 무엇 때문에 돈이 필요한지, 집에서 허락은 받았는지 좀 더 자세히 물어봤어야 했다. 하지만 중딩에게도 프라이버시는 있는 거다. 상유가 듣고 있는 데서 돈이 왜 필요하냐고 묻는 건 좀 그렇다.

그 자리에서 묻지 않은 건 잘한 거라고 순식은 생각했다.

월요일에 출근하면 정욱이와 면담부터 하리라, 마음 먹었다. 정욱이같이 신중한 아이가 섣부른 선택을 하지 않았으리라고 생각하기로 했다. 그래도 기분은 산뜻해지지 않았다. 그렇다면 뭔가?

'시말서 사건 때문인가?'

순식은 자문해 보았다. 휑하니 구멍이 뚫리는, 공허한 기분이 더해지면서 교감의 목소리가 떠올랐다.

—월요일까지 시말서 제출하시오.

어제 점심시간 뒤의 일이었다. 교감이 순식을 불렀다.

"정 선생, 잠깐 봐요."

오전 내내 이상하게 냉랭하고 날카로운 기운이 교무실을 꽉 채우고 있었다. 행정실 주사가 교장실과 교무실 바쁘게 오가며 출입문에 불이 나도록 뛰어다니는 것을 보았지만 순식은 그 소란스러움이 자신과 직결되라고는 생각하지 않았다.

"정 선생, 이거 어쩔 거예요?"

순식 앞에 던져진 A4 종이는 상부기관 홈페이지에 올라온 민원 내용이었다.

'학생 차별, 불법 과외 지도교사 엄벌해야 함.'

직감으로 오는 내용이었다. 학교 이름과 교사 이름 가운데 한 글자를 동그라미로 처리해 공백으로 두었지만 누가 봐도 순식에 대한 내용인 것을 알 수 있었다.

요지는 한 명의 학생에게만 실기 실습 특혜를 주었고, 불법 과외 지도까지 한다는 내용이었다.

순식의 손에 든 A4 종이가 파르르 떨렸다. 교감은 오전에 교육청 출장에서 문책성 지적을 받고 돌아왔다고 했다.

"한 학생만 특별 지도한다는 건 뭐예요?"

교감의 질문은 청소년 예술 프로젝트에 내보내기 위해 상유에게만 개별 지도하고 있냐는 말이었다.

"개별 과외 지도라고요?"

터무니없는 말이다. 상유가 연습하는 걸 한 번이라도 들었다면, 순식의 레슨을 받을 단계를 이미 벗어나 있다는 걸 알 수 알 수 있었을 텐데. 게다가 순식은 피아노 전공도 아니다. 넘겨짚고 마구잡이로 올린 민원이 분명했다.

음악실 사용의 문제도 크게 걱정할 건 아니어서 방심하고 있었다. 상유가 아닌 다른 누구라도 그 시간에 음악실 피아노를 사용하겠다면 허락해 줄 수 있었다. 다만, 방과 후에 음악실에 남아서 피아노를 치고 싶어 하는 아이는 그동안 상유 외에는 없었다는 게 사실이다. 다만 상유를 청소년 예술 프로젝트 특혜 지원으로 연결하는 것만은 용인할 수 없는 문제였다.

"정 선생, 월요일까지 시말서 제출하시오. 그리고 이 문제로 징계도 대비해야 할 거요."

근거 없는 음해성 민원이라고 아무리 소명을 하려 해도 성의 있게 들어줄 태세가 아니었다. 받아 들일 기미가 전혀 보이지 않았다.

순식으로는 해법을 찾아내기가 난감했지만 뾰족한 방법이 없었다. 시말서라고 해도 크게 겁이 나지 않았다.

'될 대로 되라지!'

어두워져 가는 길을 걸으며 순식은 야간 공고 졸업반 때를 생각해 보았다.

낮 시간은 인쇄 공장에서 일을 하고 야간 공고를 다니면서도 음악을 생각하면 정신적 평온을 가질 수 있었던 때였다. 음악이 목표가 된 뒤로는 다소의 고통을 하찮게 생각하는 이상한 버릇도 생겼다. 무서움이 없어졌다. 음악이 일종의 진통제 같은 것이었을까.

하지만 음악대학 진학은 생각만큼 쉬운 일은 아니었다. 어떻게 무엇을 준비해야 하는지 방법을 알려 주는 사람이 없었다. 그래서 야간 공고를 졸업하자마자 도망이라도 치듯이 군대로 직행했다. 조용히 군대 생활 마치고 조선소에라도 들어가서 대학 학비부터 마련하자는 목표를 세웠다.

음악이라는 것을 해 볼 수 있을까, 라는 생각만 해도 한 줄 빛이 섬광처럼 가슴을 비추어 주던 때였다. 그 외의 것은 모두 부차적이었다. 그러기 위해서 군대 생활은 최대한 조용하고 무사히 마치자는 계획을 마음에 세웠다. 그런데, 뜻밖의 일이 아주 가까운 곳에서 일어났다.

군대 교회 성가 합창제에 나갈 대원이 부족하다며 선임이 불렀다. 머릿수만 채워 달라는 부탁이었다. 립싱크할 대원이 필요했던 거였다. 이른바 금붕어 창법의 대원으로 차출된 것이다. 굳이 거절할 이유는 없었다.

"야! 근데 너 목소리가 제법이다."

순식의 노랫소리를 들은 선임이 말했다. 순식은 그게 칭찬이라고는 생각하지 않았다. 대체 요원에 대한 예우 정도로만 생각했다. 그런데, 합창을 지휘하던 성악 전공이 순식의 소리를 듣고 몸을 위아래로 훑어보았다.

"좋은 악기를 가졌네!"

'좋은 악기? 무슨 악기?'

순식은 처음에는 무슨 뜻인지 금방 알지 못했다. 목소리를 말한다는 것을 테너 전공자에게 듣고서야 나중에 알게 되었다.

제일 구석에 서서 금붕어처럼 입만 벙긋거리게 될 줄로 알고 나선 것이다. 크게 어려운 곡이 아니라서 쉽게 따라 부른다고 했는데, 저절로 소리가 터져 나왔다. 합창 지휘 선임은 무엇보다 음정이 정확하고 흔들리지 않는다고 말해 주었다.

연습 중간에 자리 이동이 있었다.

"정 일병 가운데로!"

둘째 줄 가운데로 옮기라는 지휘자의 지시가 있었다.

노랫소리가 화음을 만들어 내는 과정은 감동이었다. 테너, 바리톤 각 음역이 어울려 우렁찬 소리를 냈다. 여러 소리 속에서 자기의 목소리가 들려올 때는 어떤 힘이 등줄기를 타고 올라가는 전율을 느낄 수 있었다. 찌릿한 감동에 목덜미가 쭈뼛해지는 느낌이었다.

노래를 마쳤을 때 비로소 객석이 눈에 들어왔다. 객석에 앉아 있던 아는 얼굴에 웃음이 가득한 것을 볼 수 있었다. 그리고 좋은 성과를 올렸다. 대원 전체가 포상 휴가를 받는 기록을 올리게 되자 부대원들의 눈빛이 달라졌다.

합창 지휘를 했던 선임의 추천으로 아카펠라 중창팀에 들어가게 됐고, 주말마다 반주 없는 노래를 부르면서 목소리를 단련하는 시간을 가질 수 있었다.

제대하면 조선소에 들어가서 빨리 월급 모아야지 하는 목표가 더욱 분명해지는 시발점이었다.

전역을 하고서야 비로소 성악을 지망하는 입시생이 될 수 있었다. 천신만고 끝에 사범대학이 있는 지방 국립대학에 성악 전공으로 지원서를 내게 되었다.

실기 면접 날은 유독 추워서 벌벌 떨었던 기분을 영 잊지 못한다. 지정곡으로 이태리 가곡을 무사히 불렀고, 한숨을 채 내쉬기도 전에 심사위원석에서 이름을 불렀다.

"정순식 학생!"

"예."

"지금 오페라 아리아 한 곡 부를 수 있나요?"

오페라 아리아.

순식은 대답을 생략하고 바로 노래를 불렀다. 그만큼 절박했기 때문이다.

"우나 푸르티바 라그리마 넬기오키 수오이 스프운도 쿠엘레 페스토제 지오바니 인비디아르 셈브로······."

가장 자신이 있다고 생각했던 〈남 몰래 흘리는 눈물〉을 불렀다. 노래를 다 마칠 때까지 별 반응이 없었다. 하지만 순식은 이상하게 불안하지는 않았다.

다행히 합격이었다. 대학 학업의 시간은 어려움의 연속이었다. 하지만 음악을 하는 동안은 그 어려움이 고통으로 여겨지지 않는 이상한 마력의 시간이었다.

17

자립 계획

상유와 정욱은 순식 선생님과 헤어져 해안도로를 따라 걸었다.

"순식 선생님 괜찮을까?"

기관의 홈페이지 민원 사건은 알게 모르게 퍼져가고 있었다. 상유도 정욱도 걱정스러웠다.

"콩쿠르 안 나가려고?"

"순식 쌤도 중간에서 곤란해지잖아."

"우리 둘 다 어려움이 많네."

둘은 함께 웃고 말았다.

"내일은 뭐 해?"

상유는 정욱에게 물었다. 전에 말했던 나무백일홍을 보

러 가자고 말하고 싶었다.

"알바가 있어!"

알바라는 말을 할 때 정욱이는 이상하리만치 냉정했다. 그리고 미세하게 흔들린다는 것도 상유는 느끼고 있었다. 정욱이가 알바라고 말할 때마다 상유는 여전히 가슴이 쿵쾅거렸다. 이 불길함은 무엇인가. 불길함의 원인은 무엇인지 알 수가 없었다.

"안 하면 안 돼?"

말을 하고 보니 적절하지 않았다. 정욱의 사생활을 간섭하는 말이 되어 버린 것이다. 썩 좋은 말이 아니란 걸 감지했음에도 이미 쏟은 말이라 수습할 방법이 없었다.

"난 빨리 돈 벌어야 돼! 사실 난 작은아빠 집에서 살아."

상유는 잠시 멍한 기분이 되었다. 정욱에게서 처음 듣는 말이었다.

"아, 미안……."

정말 이럴 의도는 아니었는데, 정욱으로 하여금 굳이 신상 발언까지 하게 만든 꼴이 되어 버렸다. 상유는 금방 사과했다.

"중학교 졸업하면 작은집에서 나올 거야."

정욱은 다부지게 말했다.

"어떻게?"

"난 과고 갈 거야."

"아! 그렇구나."

음악하는 친구들이 흔히 예술고로 진학하듯이, 정욱은 과학고에 갈 거라고 했다. 과학고에 가게 되면 기숙사에 들어가게 될 테고 그러면 작은집에서 자연스럽게 독립하게 된다는 말이었다.

그랬구나. 정욱이가 가난한 직업은 싫다고 했던 것, 빨리 돈 벌 거라고 했던 것, 아르바이트에 열심으로 매달리는 것, 그 모든 것에 대한 의문이 이제야 풀리는 것 같았다.

―너라면 충분히 합격하고도 남을 거야.

상유는 그런 말을 해 주고 싶었지만, 어쩐지 그 말을 밖으로 내뱉지는 못했다.

정욱과 헤어지고 상유는 쓸쓸한 기분이 되었다.

―험난한 길을 걸어야 성공하는 법이다.

어디선가 읽은 글귀가 생각났다. 험난한 길을 꼭 걸어야 하는 것인가. 험난한 삼림과 잡초를 헤치고 계속 걸어서 나가면 성공이라는 목적지에 도착하게 되는 걸까. 그렇다면 성공은 어떤 모양으로 나타날까.

표지판이나 방향 지시등조차도 없는 황량한 광야에서 모래바람을 맞고 서 있는 이 기분은 어떻게 해야 할까?

ㅡ방향은 있고 정답은 없는 길.

상유는 자신의 앞에 몇 개의 길이 놓여 있을지 생각해 보았다. 피아노 건반의 숫자만큼 많은 선택지가 있을까, 아니면 흑과 백, 두 개의 건반처럼 두 갈래 길에서 하나만이 선택할 수 있는 그런 것일까.

상유는 우울해지는 기분을 안고 집으로 돌아왔다.

18

흑건

불법 과외 교사 처벌!
학생 차별 교사 파면!
계별 특혜 교사 처벌!

월요일 등굣길, 교문 앞에서 상유는 걸음을 멈추었다.

검은 마스크, 검은 선글라스, 검은 모자로 얼굴을 감추고 무질서하게 피켓을 흔들어 대는 시위 무리들이 교문 앞을 점령하고 있었다. 검은 복면의 무리였다.

심상치 않은 사태를 보며, 어떻게 해야 할지 상유는 잠시 망설였다. 저만치, 누군가가 시위대와 대거리를 하고 있는 모습이 보였다.

'순식 선생님이네.'

멀리서 봐도 화가 난 모습이었다. 평소에는 좀체 감정을 겉으로 드러내지 않았는데, 화가 나 있는 게 분명해 보였다. 팻말의 내용으로 짐작해 보면, 자신과도 결코 무관하지 않다는 걸 상유는 알아챌 수 있었다.

'흑건?'

상유는 좀 뜬금없다 싶을 만큼 쇼팽의 연습곡 제목을 떠올렸다. 검은 건반으로 빠르게 멜로디를 짚어나가야 하는 속도감. 하지만 자칫하면 검은 건반 위에서 손가락이 미끄러지기도 한다.

상유는 미스터치의 불안감을 밀어내듯이 차분하게 시위대 쪽으로 걸어갔다.

시위대와 가까워질수록 요동치고 있는 피켓의 파동은 더 거세게 다가왔다. 그럴수록 상유는 적막 속으로 걸어가는 것처럼 깊은 고요를 느꼈다. 이렇게 폭력적인 상황에서도 이상할 정도로 냉담할 수 있는 건 피아노를 치면서 터득하게 된 힘 같은 것이다. 쇼팽의 연습곡에 직면해 까만 깨알처럼 흩어져 있는 무수한 음표들을 하나씩 해결해 나가면서 획득하게 된 어떤 차분한 힘 같은 것.

불법 과외 교사 처벌!
불법 과외 교사 처벌!

시위대는 순식을 향해 더욱 격렬하게 피켓을 흔들었다. 피켓은 무질서하게 흔들렸고, 글자들은 광인의 춤처럼 어지럽게 휘날리고 있었다. 순식은 시위대에 포위되어 있었다.

"어디서 나왔어요?"

순식은 야구 모자를 깊이 눌러쓴 남자에게 물었다. 순식의 말에 대답하는 사람은 아무도 없었다. 다만 피켓을 더 맹렬하게 흔들 뿐이었다.

"누가 시켰어요? 어디서 돈 받았어요?"

순식의 목소리가 한껏 올라갔다. 하지만 역시 아무도 대답하지 않았다. 끈질기게 피켓만을 흔들 뿐이었다.

"말을 하세요! 말을 하라고요!"

순식의 고함 소리는 어느새 떨리고 있었다.

상유는 성큼성큼 순식에게로 다가가서 손을 뻗었다. 그러곤 순식의 손목을 꾹 잡았다. 손목은 얼음같이 차가웠다.

"선생님."

돌아보는 순식의 눈은 시뻘겋게 충혈되어 있었다.

"선생님, 무시해요."

시위꾼을 지나서 겨우 교문에 들어섰다. 운동장에 들어서자 시위 소리는 잦아드는 듯했으나 정신은 혼돈스러웠다. 둘은 별말 없이 교무실이 있는 중앙 현관 앞에까지 왔다.

상유는 순식을 향해 목례하고 돌아섰다.

돌아서는 상유의 뒷모습을 보면서 순식도 중앙 현관에 들어서 슬리퍼로 갈아 신었다. 교무실로 들어온 순식은 착잡한 마음을 주체할 수 없었다. 부끄러움은 오히려 뒷전이었다.

왜? 라는 질문과 함께 의문이 꼬리에 꼬리를 물고 일어났다. 순식으로는 알 수 없는 문제였다. 개인 과외라는 주장도 이치에 맞지 않았고, 특혜는 더욱이 아니었다.

소란을 일으켜 곤경에 빠뜨리려는 악의적 의도로밖에 볼 수가 없었다. 교육청의 민원도 사실과는 크게 달랐기 때문에 심각하게 여기지 않았던 게 지나친 낙관이었던 모양이다. 그런데 사실을 그대로 보지 않으려는 데는 속수무책일 수밖에 없었다. 의도하는 목표가 있는 게 분명해 보였으나, 적절하게 대응할 방법을 순식은 혼자의 힘으로 찾아낼 도리가 없었다.

한숨이 나왔다.

무엇보다 부끄러웠다. 제대로 된 대처 방법 하나 속 시원히 찾아내지 못하는 자신의 무능이 부끄러울 뿐이었다.

음해성 민원일 뿐이라고 넘겨 버리고 싶지만, 그 말은 자신의 귀에도 공허한 독백으로 들렸다. 검은 마스크들의 기세로 보면,

배후에 어떤 조직이라도 있는 것일까하는 의심이 들었다. 생각이 거기에 미치자 순식은 고개를 절레절레 흔들었다.

상유는 이미 순식의 레슨을 받을 단계가 아니다. 상유의 연주를 들어 봤다면 누구도 순식의 레슨을 받을 단계가 아니란 걸 알 텐데. 사실 여부에 대해서는 눈과 귀를 닫고 있는 게 분명했다. 곤경에 빠뜨리려는 악의성만 느껴졌다.

쉬는 시간에 교감이 순식의 자리에 왔다.

"그 특별 지도 학생, 콩쿠르에 꼭 내보낼 거예요?"

특별 지도 학생이라면, 상유를 말하고 있는 게 분명했다.

'소동의 핵심은 이거구나.'

순식은 다시 한숨이 터졌다. 비로소 의문을 풀 실마리 하나를 잡은 기분이었다. 상유의 방과 후 연습이 청소년예술 프로젝트 출전으로까지 비화되고 있는 내용이었다.

교감은, 콩쿠르에 내보낼 학생에게 특혜를 준 게 아니냐는 나름대로의 추론을 펴 보이려 했지만, 참으로 허무맹랑한 가설이었다.

"그 애는 이번 콩쿠르에 관심도 없어요."

순식은 최대한 이성적일 필요가 있었다. 교감은 무슨 말이냐는 표정이었다.

"내가 듣기론 그렇지 않은데……."

"도대체 무슨 소리를 듣고 오해를 하시는 겁니까."

순식은 저도 모르게 책상을 내리쳤다. 치밀어 오르는 분노 때문에 주먹이 부르르 떨렸다.

청소년 예술 프로젝트, 안 보이는 데서는 암암리에 물밑 경쟁이 치열하다는 말은 돌아다녔다. 그렇다고 해도 개연

성도 없는, 삼류 스토리 같은 허탈한 상황이었다. 할말이 남았는지 교감은 순식의 곁에서 떠나지 않고 주변을 빙빙 맴돌았다.

"박 대표 손녀딸도 이번 콩쿨에 나가려고 준비한다는데……."

"박 대표 손녀요?"

"몰라요? 홍태 사촌, 웬만큼 다 알고 있던데?"

결국 이 문제였나? 박 대표의 손녀를 우선 순위에 올려놓으려는 사전 준비 작업? 심지어 홍태의 사촌이라는 가계 구도까지 이렇게 말끔히 정리해 주다니.

"그거였어요? 박 대표 손녀를 직행시키려고요?"

"아, 그렇게 적대적으로만 볼 게 아니라, 박 대표가 우리 학교에 기여한 공도 있고, 또 시청에도 기여하는 게 많다 보니 우리가 전향적으로 생각할 필요가 있지요. 정 선생이야말로 상유 그 애가 콩쿨에 관심 없다면 불행 중 다행 아니오?"

박 대표, 그는 학교 운영위원이기도 하면서, 시내에서 몇 개의 업체를 경영하는, 그래서 시내 상권에도 꽤 영향력이 있는 것으로 알려진 인물이다. 여기저기 이권 사업에 발을 걸치고 있으며 조직적인 힘과 연결되어 있다는 말도 무성했다. 교감은 예전부터 박 대표와 친분이 있는 것을 자랑삼아 늘어놓은 적도 있었다.

교감은 뭐라고 얼버무리더니 슬그머니 밖으로 사라졌다. 박 대표 손녀를 예술 프로젝트에 직행시키려고 방해물을 제거하는 작업이었다는 데까지 생각은 정리되었다. 출근길에 교문 앞에서 직면했던 그 소동이나 지난주 상부 기관의 게시판 민원까지, 그간의 사태가 하나로 연결되었다.

학교 밖에까지 문어발처럼 뻗어 있는 인맥을 동원해 어떤 잇속이라도 알뜰히 챙기려는 교감 앞에 더 이상 할 말이 없었다. 다만 끓어오르는 분노를 참을 길이 없었다.

순식은 어떤 오기가 솟았다.

상유의 실력이라면 다음 달에 당장 대회에 나가도 손색이 없을 것이다. 순식이 볼 때, 그 나이에서 그만한 연주 수준은 아직 본 적이 없었다. 하지만 콩쿠르 출전에 대해서는 상유와도 아직 구체적으로 얘기 나누어 보지 못한 상태였다. 그런데 이런 황당한 상황에 직면하니 상유를 무대에 꼭 세워야겠다는 오기 같은 게 발동했다. 안개와 같은 불투명에서 빠져나갈 필요가 있었다.

흑건

점심시간을 앞두고 상유가 교무실 문 앞에 서 있었다.

"앗차?"

오전의 소란 때문에 정욱을 까맣게 잊고 있었다. 상유가 교무실에 들어서는 것을 본 순간 낭패감과 함께 한숨이 터져 나왔다.

상유를 보자마자 순식은 바로 정욱이 문제일 것을 직감했다. 출근해서 곧바로 정욱부터 만나려 했는데, 그 애를 만나서 아르바이트에 관해 자초지종을 들으려 했는데, 아르바이트가 왜 필요한지 들어볼 참이었는데.

"선생님, 오늘 정욱이가 결석했어요."

상유의 말을 듣는 순간 쿵, 심장이 떨어지는 소리가 들렸다. 둔중한 쇳덩이가 발 앞에 떨어진 것 같은 무거운 충격이었다. 불길함이 엄습해 왔다.

'제발, 이 불길함이 그냥 지나가기를.'

순식은 책상 모서리를 잡으며 한껏 냉정을 유지하려 했다.

"다른 연락은 없었고?"

상유를 보며 순식은 천천히 물었다.

"몇 번 전화했는데 안 받아요. 콜백도 없어요."

상유는 손안에 든 핸드폰을 만지작거리며 말했다.

순식에게 가장 먼저 떠오른 사람이 정욱이 작은아버지 얼굴이었다. 하지만 거기에 정욱의 결석 사실을 지금 통보하는 것은 섣부른 행동일 것이다. 결석을 해야 할 긴급한 사정이 있었다면 정욱은 먼저 연락을 취했 왔을 아이였다.

그렇다고 해서 정욱이 작은아버지에게 이 사실을 알리지 않고는 지금 어떤 조치도 취할 수가 없는 게 현실이지 않은가.

"교실에 가 있어. 내가 알아볼게"

상유는 교실로 돌아와 지난 일요일 오후에 정욱과 주고받은 문자 메시지를 다시 열었다. 자전거 타러 가자고, 상유가 먼저 전화를 했지만 알바 때문인지 정욱은 전화를 받지 않았다. 그래서 알바를 도와주겠다고 상유가 다시 문자를 보냈다.

－알바 마치면 전화할게.

간략하게 쓴 정욱의 답글이 금방 돌아왔다. 지난번처럼 날카로운 반응은 아니었다. 온건한 문자여서 상유는 다시 문자를 보냈다.

―오늘 네 일 도와주고 싶어!

한참 뒤에 정욱의 답글이 왔다.

―오늘은 형들 차 타고 어디로 가야 돼.

―어디로?

―행선지는 모르겠어.

―지금은 어디야?

―광장 로터리 교차로에 있는 편의점 앞.

정욱의 문자를 확인하자마자 상유는 바로 자전거를 탔다. 그러곤 최대한 속도를 내서 광장 로터리까지 달려 나갔다. 광장 로터리 편의점이라면 음료수를 마시러 정욱과 함께 들어간 적이 있는 곳이었고 집에서도 그다지 멀지 않았다.

로터리 건널목에 도착했을 때 편의점 앞에 서 있는 정욱을 보았다. 상유는 정욱을 향해 힘껏 손을 흔들며 신호가 바뀌기를 기다렸다.

그때 번쩍이는 승용차 한 대가 정욱 앞에 천천히 멈추었다. 승용차 뒷문이 열리고 몸집이 큰 두 사람이 차에서 내려 정욱에게로 다가가는 것이 보였다.

"정욱아, 기다려!"

상유의 소리를 들었는지 정욱이는 잠시 멈칫했다.

"정욱아, 가지 마."

하지만 두 사람은 정욱의 팔을 잡고 승용차 뒷자리로 밀어 넣었다. 뒷문이 닫히자 차는 매끄럽게 로터리를 빠져나갔다.

"정욱아!"

상유는 알 수 없는 어떤 불안함에 정욱의 이름을 힘껏 불렀다. 상유의 목소리는 차량의 소음 속에 묻혔고, 차는 금방 떠나 버렸다. 그제야 건널목 신호가 바뀌었다.

일요일 오후, 정욱이 차에 타는 것을 본 것이 마지막 모습이었다.

19

일몰 시각

지역 방송의 저녁 뉴스에서는 시내 모 중학교 A 학생이 지난 주말 실종되었다는 소식이 거의 도배되듯이 다루어지고 있었다. 정욱의 실종이 공식화된 거였다. 학교에서 정욱이 작은집으로 연락을 했고, 경찰은 실종 사건으로 접수했다. 여기까지 그리 많은 시간이 걸리지는 않았다.

저녁 늦은 시각에 경찰서에서 전화가 왔다.

"한상유 군?"

"네."

"이정욱 학생에 대해 좀 묻고 싶은 게 있는데."

상유는 핸드폰을 귀에 대고 고개만 끄덕이고 있었다. 경찰은 상유의 모습을 보고 있는 듯 말을 이어갔다.

"그렇다면 경찰서에 좀 와 줄 수 있겠나? 문자 내용도 보여 줄 수 있겠나?"

"예."

상유는 망설이지 않고 대답했다. 경찰서에 와서 장 형사를 찾으라고 하며 전화를 끊었다. 상유는 핸드폰을 챙겨서 경찰서로 나갔다.

-광장 로터리 교차로에 있는 편의점 앞.

상유는 정욱이가 보내준 마지막 문자를 다시 찾아보았다. 경찰서에 도착하자 상유에게로 가장 먼저 다가온 사람은 장 형사였다.

정욱의 작은아버지로 보이는 사람과 학교의 몇 분들이 있었다. 순식 선생님도 있었다. 정욱이 작은아버지는 정욱이 결석한 것도 몰랐다고 했다.

"친구 집에서 자는 줄 알았어요. 요즘 들어 친구들을 많이 만나는 것 같았어요."

참 무성의한 말이었다. 어떻게 지내고 있는지 관심 밖에 두고 있었다는 말로 들렸다.

상유는 전화기를 켜서 메시지 함을 열어 담당자에게 보여주었다. 경찰은 문자를 보고 금방 CCTV 화면 앞으로 갔다. 광장 로터리 편의점 앞 CCTV가 열렸다.

"학생 얼굴을 확인해 주세요."

장 형사는 순식과 상유를 보며 말했다.

"그날 승용차 타는 걸 봤어요."

상유는 지난 주말의 일을 되도록 상세하게 말해 주고 싶었다. CCTV는 광장 교차로 편의점 앞을 비추고 있었다. 몇 개의 무의미한 장면이 지나갔다. 줄무늬 셔츠를 입은 정욱이가 편의점 앞에 나타났다.

"잠깐요!"

상유가 소리쳤다.

"정욱이예요."

지난 일요일 오후, 광장 로터리 건널목에서 보았던 그 장면이 고스란히 나타났다. 번쩍이는 승용차가 확증을 해 주었다. 몸집 큰 사람들의 모습이 보였고, 그 사람들이 정욱이를 데리고 자동차에 올라가는 모습도 그대로 보였다. 상유가 교차로 건너편에서 보았던 장면 그대로였다. 정욱이가 승용차에 오르자 차가 금방 출발하는 장면으로 이어졌다.

"잠깐, 정지, 화면 확대."

장 형사가 소리를 질렀다.

"저 새끼⋯⋯, 저 새끼⋯⋯."

장 형사의 입에서 말 대신 욕설이 먼저 튀어 나왔다. 흥분한 장 형사의 목소리가 실내를 울렸다. 경찰들이 웅성거리며 CCTV 화면 앞으로 모여 들었다. 정욱을 데리고 간 그들을 알고 있는 듯했다.

"저 학생이 확실히 맞나요?"

장 형사는 순식에게 물었다. 순식은 대답 대신 고개만 끄덕였다.

"어휴, 저 짜식들!"

장 형사의 목소리가 심상치 않았다.

"큰일 났네, 이거 큰일 났어."

경찰들이 일제히 CCTV 화면을 들여다보았다.

"아 저 새끼들, 던지기 수법?"

경찰들이 웅성거리기 시작했다.

"던지기, 그 무리들?"

심각하고 무서운 일이 일어난 게 분명해 보였다. 경찰의 반응으로 보아 결코 작은 일 같지는 않았다. 뭔지 모를 검은 세력의 무리가 정욱이 근처에서 얼쩡거렸던 모양이었다.

"선생님, 일이 좀 복잡해지네요."

장 형사는 순식에게로 다가와 무겁게 말했다.

"정욱이 데리고 간 사람들이 누구예요?"

순식이 장 형사에게 물었다.

"최근에 문제가 있어서 주시하고 있는 애들이에요."

"좀 더 살펴봐야겠지만…… 어쩌면, 던지기 수법……."

"던지기?"

요즘 가장 시끄러운 문제라고 했다. 상유도 뉴스에 얼핏 들은 적이 있는 것 같았다. 그 말을 지금 듣게 되다니, 그것도 정욱이 때문에.

"말 잘 듣고 책임감 있는 애들을 용케 찾아내서 이용하죠. 이 나쁜 새끼들!"

장 형사는, CCTV에 비친 멀쑥하게 차려입은 꺽세들이 어딘가에 줄을 대고 있는 끄나풀일 거라고 했다.

최근에 시내 청소년들에게 접근해서 돈을 주고 심부름을 시키는 사건이 부쩍 늘어났다는 것이다.

"택배 퀵서비스처럼 간단한 알바로 보이지만……."

장 형사는 슬쩍 상유 쪽을 돌아보았다. 상유를 의식해서 말을 얼버무리는 것으로 보였다.

'들으면 안 될 말인가?'

상유는 창문 쪽으로 고개를 돌렸다. 장형사는 흥분을 감추려는 듯 목소리를 낮추었다.

"이 조무래기들이 …… 순진한 애들 꼬셔서 …… 제 얼굴 숨기려고 …… 나쁜 짜식들 …….”

아이들은 적발되어도 나이 때문에 법 적용이 어려워서 훈방되는 걸 악용한다고 말했다.

"미리 단정은 않겠습니다만….”

장 형사는 되도록 유보적 입장을 보이려 했다. 순식은 묵묵히 듣고 있었다.

경찰은 CCTV 전체 화면을 열어 놓고 정욱이가 탄 승용차의 이동 거리를 추적하기 시작했다. 핸드폰 발신지 추적도 함께 시작한다고 했다.

"봐라, 봐라, 이럴 줄 알았다.”

도시 외곽으로 나가는 도로 CCTV 화면에 정욱이 탄 승용차가 다시 나타났다.

"저기 가네!"

화면을 보고 있던 경찰이 소리쳤다. 급경사에 굴곡이 심한 길이었다. 정욱이가 탄 차는 내리막길에서도 속도를 줄이지 않고 달렸다. 무엇엔가 쫓기는 것 같기도 했다.

"쫓기나?"

화면에서 눈을 떼지 않고 장 형사가 말했다.

"브레이크 고장인가?"

경찰 중 누군가 말했다. 다음 화면에도 급커브 길이 나타났고, 반대 차선의 전방이 보이지 않음에도 차는 속도를 줄이지 않았다. 급커브의 굴곡 도로에서도 거의 전속력으로 달리는 것처럼 보였다. 그러더니 가속도를 못 이겨 그만 튕겨 나가고 있었다. CCTV 화면에 그 승용차는 공중으로 붕 뜨는 듯하더니 절벽 아래로 떨어지고 있었다.

"어, 어, 저 봐라."

CCTV 화면을 보고 있던 사람들이 일제히 소리를 질렀다. 상유는 더 이상 화면을 볼 수가 없었다. 꾹, 눈을 감고 말았다. 아뜩한 현기증이 몰려왔고, 상유는 어지러움 때문에 금방 눈을 뜰 수가 없었다.

"우선 돌아가세요."

장 형사가 말했다.

"일단, 내일 수색 작업 들어갑니다. 차가 왜 과속을 했는지, 고장인지, 사고인지 더 조사해 봐야겠습니다. 오늘은 그만 돌아가시는 게 좋겠습니다."

장 형사는 상유와 순식을 둘러보며 말했다. 수색 작업 경과는 내일 상세하게 알려 주겠다고 했다. 급커브 길에서 전속력으로 달린 건 뭔가에 쫓기는 것 같다는 말을 덧붙였다.

순식은 상유의 손을 잡았다.

"가자."

상유도 따라 나설 수밖에 없었다. 경찰서 밖에서 할아버지가 기다리고 있었다.

"어떻게 된 거고?"

할아버지는 조심스레 상유에게 물었다.

"정욱이가 탄 차가 아닐 거예요. 정욱이는 아마도 중간에서 내렸을 거예요. 그 차에 정욱이는 없을 거예요. 분명해요."

상유는 자신이 믿고 싶은 대로 외치고 있었다.

"그 차에 정욱이는 정말 없어야 해요."

상유는 끝내 울음을 터트리고 말았다. 간절한 바람이지만 근거나 확신은 희박했다.

상유는 거의 뜬눈으로 밤을 새웠다. 새벽에 어렴풋이 빗소리가 들렸다. 창밖을 내다보니 비가 세차게 내리고 있었다. 빗줄기는 점점 더 거세지더니 날이 밝을 무렵에는 거의 폭우로 변해 있었다.

20

고별 소나타

정욱이 없는 교실은 이상했다. 반 아이들도 오전 내내 침울했다. 어떻게 해야 할지 몰라 모두 침묵하고 있었다. 몇몇은 심각한 얼굴로 상유에게 다가왔지만, 상유도 가만히 고개만 저을 뿐이었다. 상유로서도 아는 게 없었고, 달리 할 말도 없었다. 어떤 녀석들은 소리 나게 코를 팽 풀면서 훌쩍이기도 했다. 침통한 시간이 무겁게 지나고 있었다.

―나 빨리 돈 벌어야 돼.

상유는 정욱의 말을 되새겨 보았다.

―과고 가면 자립할 거야.

미래 계획을 말하던 정욱의 진지한 음성이 생각났다. 과학고 진학 때까지 알바를 최대한 많이 할 것, 그리고 중학교 졸업하면 작은집에서 독립할 것.

정욱이라면 해낼 수 있을 것으로 생각했다. 교실 안에서도 정욱은 뭐든 먼저 했고, 그러면 반 아이들은 자동적으로 같이했다. 하지만 지금은, 뭐든 말없이 해낼 거라고 믿어 버렸던 그 마음이 싫었다.

오후가 되자 비가 그쳤다.

상유는 사고 현장에 가 봐야겠다고 생각했다.

―선생님, 조퇴합니다.

담임에게 핸드폰으로 문자를 남기고 서둘러 교실을 나설 때, 정욱의 절친 강민이 따라 나왔다.

"나도 같이 갈게."

상유의 생각을 알고 강민이가 같이 가겠다고 나선 거였다.

현장 근처에 도착했을 때 소방차, 경찰차, 앰뷸런스가 어지럽게 얽혀 있었다. 그리고 많은 사람들이 복잡하게 몰려 있었다. 출입을 제한하는 노란색 통제 라인이 쳐져 있었고, 경찰들이 경광봉을 들고 수신호로 차량을 안내하고 있었다. 절벽 아래 수색 상황을 보려고 반대편 도로에도 사람들이 웅성거렸다.

비탈 아래로 소방 제복을 입은 사람들이 풀섶을 헤치는 모습이 보였다. 지나가는 차량들이 이것을 보려고 갓길에 차를 대려고 하자 경찰들이 호루라기를 계속 불어 댔다.

시간이 얼마나 지났는지 알 수가 없었다. 풀숲 더미에서 무언가 발견되었는지 무슨 소리가 들리는 것 같았다. 소방 대원들이 들것을 들고 올라오고 있었다.

'정욱일까.'

가슴이 철렁하면서 쓰려 왔다. 상유는 숨이 막히는 것 같았다. 들것에 뉘어져 있는 시체는 뻣뻣하게 굳은 소년의 작은 주검일까.

소방관들은 대열을 지어 아무런 표정도 없이, 정해진 순서대로 움직였다. 열려 있는 차량 안으로 들것을 밀어 넣었다. 사람들 사이에서 한숨이 터져 나왔다.

"어쩌노!"

상유는 다리에서 힘이 쭉 빠져나가는 걸 느꼈다. 무릎이 푹 꺾여서 그 자리에 주저앉고 말았다. 온몸이 오들오들 떨렸다. 강민도 새파랗게 질려서 꼼짝도 하지 못하고 있었다.

'저기에 정말 정욱이가 누워 있는 것일까.'

도무지 믿고 싶지 않았다. 제발 아니기를 바랐다.

"으아아앙!"

상유는 급기야 울음을 터트리고 말았다. 슬픔이 복받쳐 부르르 주먹이 쥐어졌다. 누구를 향하는지 알 수 없는 분노가 치밀었다.

경찰의 교통 통제가 본격적으로 시작되었다. 차량을 견인하기 위해 대형 장비가 들어올 거라고 했다. 모여 있는 사람들에게 돌아가라는 안내가 들려왔다.

"차가 엉망이래."

"완전 찌그러졌다네."

사람들이 마치 보고 온 것처럼 웅성거렸다. 경찰의 통제가 심해지자 웅성거리던 사람들이 하나둘 흩어지기 시작했다. 상유는 어떻게 왔는지도 모르게 집으로 돌아왔다. 그리고 책상에 엎드려서 울었다.

정욱은 가난에 대한 아픔과 분노를 싣고 멀리 다른 세상으로 떠나고 있는 것인가. 정욱이가 영 떠났다는 걸 믿어야 하는 것인가. 믿을 수 없었다. 상유는 하염없이 흐르는 눈물을 주체할 수가 없었다. 아무리 후회해도 절대 돌이킬 수 없는 시간이 있다는 사실을 깨닫는 순간이었다.

21

나무백일홍

상유는 음악실로 달려가면서 정욱이 들려준 시를 되뇌어 보았다.

"반짝이고 명멸하다 사라진다."

아무리 소리를 내질러도 정욱이는 지금 곁에 없다. 그런 현실을 인정하고 싶지도 않았다. 몰려드는 후회 때문에 상유는 울면서 달렸다.

조금 전, 종례 시간에 담임은 정욱이의 사고 소식을 요약해서 알려 주었다.

"자동차 사고가 있었다. 차량 결함인지, 다른 이유인지 좀 더 조사를 해 봐야 한다. 같이 탄 사람들 신분도 경찰에서 지금 조사 중에 있다고 한다. 이럴 때일수록 불필요한 소문에 휩싸이지 말고 신중하게 행동하길 바란다. 그러니까, 제발 동네 형이라고, 아는 사람이라고 막 따라가지 말라고."

낮게, 무겁게 시작된 담임의 말은 끝에 가서 결국 울음을 토하듯이 흔들리고 있었다.

정욱이 무사하지 않다는 사실은 고통스러운 후회만 남겼다.

―나, 빨리 돈 벌어야 돼.

정욱이의 어려움이 무엇이었는지, 이제야 비로소 본질을 이해하게 되었다는 늦은 후회가 밀려들었다. 상유는 갈퀴에 가슴이 긁히는 듯한 쓰라림을 느꼈다. 세상을 향해 왜, 라고 대들고 싶었다. 세상이 형편없게 느껴졌고, 원망이 파도처럼 밀려왔다. 제각기 알아서 살도록 내버려두는 현실이 원망스러웠다.

나무백일홍

오후의 따가운 햇살이 음악실 유리창에서 반사되고 있었다. 돌멩이를 던져 유리창을 모조리 산산조각으로 만들어 버리고 싶은 분노가 솟았다. 유리창을 모두 깨부순다고 한들, 그렇게 한다고 해서 달라지는 건 아무것도 없다는 게 더 절망스러웠다. 터무니없이 허망한 이 현실을 모두 부수어 버리고 싶도록 분노가 치밀었다.

정욱이는 어디로 가게 되는 것일까. 정욱이가 가게 될 곳은 좋은 곳일까. 꼭, 그런 곳이어야만 한다. 그곳에서는 그가 정말 하고 싶었던 일을 마음 놓고 할 수 있어야 한다. 누구의 방해도 받지 않고, 글을 쓰면서 행복하고, 속임수와 가난이 없고, 성적과 성공이 아니라 양심이 깨끗한지 더러운지를 기준으로 사람을 평가하는 그런 세상.

-영롱한 진주조개 빛 소나기처럼

반짝이고 명멸하다 사라진다.

상유는 정욱이 읊었던 시구를 상기해 보았다. 영롱한 진주빛처럼 반짝였지만, 끝내 명멸하여 사라져 버린 것일까. 그런 것인가. 인정하고 싶지 않았다.

음악실 피아노 앞에 앉자 정욱에게 못한 말들이 너무 많다는 걸 알았다. 상유는 피아노 뚜껑을 올리고 가만히 건반을 눌러 보았다. 〈고별 소나타〉 선율이 떠올랐다. 마음속에 있던 말 한마디를 던지는 마음으로 건반을 짚어 보았다.

솔 파 미

상유의 손끝에서 연주된 고별 소나타 첫음은 불안하게 흔들렸다. 하지만 건반 바닥 저 깊은 곳에서 울려오는 소리였다. 음정이 심장에 닿는 느낌이었다.

—잘 가.

그 말이 차마 입 밖으로 나오지 않았다. 아직 이별할 아무런 준비가 되지 않았기 때문이다. 〈고별 소나타〉 첫마디 건반을 다시 짚어 보았다.

G, F, Eb.

비통함으로 건반을 눌렀다. 찡, 마음까지 울렸다.

—안녕.

그 말도 차마 할 수 없었다. 어떻게 작별을 해야 할지 모르겠다. 상유의 손등 위에 눈물이 투둑 떨어졌다.

콰르르르릉!

상유 몸이 건반 위로 푹 쓰러졌다. 흑백의 건반이 모두 한꺼번에 콰르르 천둥처럼 울렸다. 몸이 크게 덜썩였다. 피아노 건반은 상유 눈물로 범벅이 되었다.

　정욱이가 들려주었던 시를 생각하며 상유는 천천히 몸을 일으켰다. 건반 위에는 눈물이 흥건했다. 상유는 눈물을 닦아내곤 건반 하나를 다시 길게 눌러보았다. 피아노 잔향이 길게 이어졌다.

　'정욱아, 돌아와.'

　상유는 정욱에게 하고 싶은 말들을 생각했다. 첫 음 하나를 누르고 나니 정욱에게 하려 했던 말들이 줄줄이 음표가 되어 떠올랐다. 천천히, 조심스레 건반을 짚어 보았다.

　"정욱아, 내 얘기 들려?"

　상유는 마음을 가다듬고 핸드폰의 녹음 기능을 켰다. 그리고 정욱에게 하려던 말들을 생각하며 피아노 건반을 하나씩 길게 눌러 나갔다. 옆자리에 정욱이를 앉혀 두고 이야기를 들려주듯이.

　정욱이와 나누고 싶었던 말들이 선율이 되어 음악실 안을 채워 나갔다. 이야기들이 음표가 되어 날아다녔다.

　"정욱아, 내 얘기 듣고 있어?"

　허공에 대고 정욱의 이름을 부르며 상유는 건반을 하나하나 짚어나갔다. 끊어질 듯 이어지는 한음 한음의 선율은 하나의 이야기로 연결되었다. 상유의 연주는 길게 이어졌다. 하나의 악곡이 만들어지는 순간이었다.

잔향이 남아있는 음악실에 홀로 앉은 상유는 언젠가 정욱이가 말했던 나무백일홍을 생각했다. 비바람, 폭풍우에도 끄떡없이 꽃을 피우는 나무.

정욱은 어쩌면 나무백일홍의 그 생명력을 간절히 염원하고 있었는지도 모르겠다.

보면대 위에 놓여 있는 연습용 악보의 여백에 상유는 '나무백일홍'이라는 글자를 꾹꾹 눌러 써 보았다. 상유는 마침내 하나의 피아노 곡을 만들어 낸 것이다.

정욱이를 위한 이 음악이 완성되면 제목은 〈나무백일홍〉이 될 것이라고 생각했다.

음악실로 달려가는 상유를 본 순식은 천천히 음악실을 향해 걸어갔다. 그러곤 음악실 밖에서 이 모든 광경을 말없이 조용히 지켜보고 있었다.

무슨 일이 더 생길 것 같아 순식은 상유에게서 눈을 뗄 수가 없었다. 순식의 눈길은 상유의 불안한 모습을 계속 뒤쫓아 따라 다녔다.

22

신청서 출력

"걔 있잖아요? 전학생……, 그 피아노 잘 친다는……."

피아노라는 말에 순식의 몸이 저절로 돌아갔다. 의자를 돌려 앉으니 수업을 마치고 들어온 기술 담당 심우정이 서 있다.

둥그스름하고 포동한 몸매와 달리 목소리는 하이톤이라서 귀에 쏙 박히는 음질이다. 순식이 왜요라고 미처 말하기도 전에 예의 그 하이톤 음성이 터진다.

"애가 좀 이상하지 않나요?"

"왜요? 뭐라고 하나요?"

"무서워요. 한 시간 내내 입 꾹 다물고……, 무슨 돌부처처럼 꼼짝도 않고……. 무슨 짓을 할지 모르겠어요. 수업하기가 무서워요."

이해를 좀 해 주세요, 라고 하려는데 순식의 말을 가로막은 목소리는 국어 담당 장용림이었다.

"시간이 좀 필요할 거예요."

장용림의 참견이 고마워 순식의 고개가 저절로 끄덕여졌다.

휴.

순식의 입에서 저도 모르게 한숨이 새어 나왔다. 수업 태도를 지적하고 있는 동료 교사에게 보호자도 아니면서 일방적으로 이해를 요청하려 하다니. 그렇다고 언제까지 이해를 요청할 수만은 없지 않은가.

때가 되었다. 그냥 두고 보고만 있을 수는 없는 때가 된 거다.

며칠 전에 학년 담임 회의 때, 그때도 누군가 상유를 두고, "걔가 무슨 짓을 할지 걱정돼요"라고 말한 적이 있었다. 그러자 교사들 사이에서 짧지 않은 논쟁이 일어났다. 회의를 주재하던 학년주임은 궁여지책이라며 방과 후 학생 관리 방안을 제안했다.

"학생들 방과 후 관리 통제에 대해 어떻게 생각하세요?"

그러자 회의는 금방 달아오르는 듯했다. 의견은 대체로 양분되었지만 쏠림이 있었다.

"하교 뒤에 학생들의 개별 시간을 통제하자는 말인가요?"

영어 담당 도순영이 어이없다는 듯 반박했다. 무슨 터무니없는 소리냐는 말이었다.

도순영의 말에 대부분 동조했다.

"하지만 이번과 같은 사태를 보면 어떤 대책이 필요하지 않나요?"

주임의 말을 대부분 인정하면서도 구체적인 방안을 쉽사리 내놓지는 못하고 있었다.

"어렵죠, 프라이버시 침해 소지도 있고요."

과학 담당의 간단한 판단이었다.

프라이버시 침해. 그래서 적당한 거리 두기, 적당한 무관심이 미덕이라고 말하고 싶은 건지도 모르겠다. 무엇보다 방과 후 학생 관리는 방과 후 업무 연장일 가능성이라는 데서 모두 머리를 가로젓고 있을지도 모르겠다.

적당한 거리 두기를 적당한 품위 유지의 동의어쯤으로 생각했던 게 큰 실책이었다고 순식은 생각하고 있었다.

더 적극적으로 다가갔어야 했는데, 그러지 못한 게 잘못이었다는 결론에 도달한 최근 며칠 동안 순식에게는 살을 뜯는 듯한 고통과 자책이 있었다. 주변 동료들을 의식해서, 동료들이 불편해할까 봐 그 고통마저도 내색하지 못하고 있는 자신은 더 미웠다.

순식은 이제 결정을 해야 할 때라고 생각했다. 어떤 방법으로도 해법을 찾아 나서야 했다. 보고만 있다가는 또 무슨 일을 당할지 알 수 없다는 급박한 마음마저 들었다. 무엇보다, "무슨 짓을 할지 모르겠어요"라는 기술 담당 심우정의 말은 결정적이었다.

자신을 겉으로 드러내기를 꺼려 하는, 그래서 마치 호수의 수면처럼 조용히 행동하는 게 상유의 특징으로 보였는데 난데없이 학교의 문제아로 낙인 찍히는 것을 수수방관할 수 있겠는가. 순식은 지금, 뭔가를 결정을 해야 할 때라고 생각했다.

그러자 마음이 급해졌다. 해야 할 일이 줄줄이 떠올랐다. 그러곤 일의 순서가 머릿속에서 주르르 정리되었다. 정렬키 한 번으로 문서의 우선 순위가 정리되는 것처럼.

우선 상유의 외조부를 만나야겠다고 생각했다. 얼마 전 디저트 카페에서 콩쿠르 출전을 조심스레 타진해 보았을 때, 그 자리에서 고개를 가로저었던 상유의 모습을 순식은 기억하고 있다.

ㅡ공부를 시켜야지요.

순식은 아직도 상유 외조부의 강경한 말투도 기억하고 있다. 하지만 그를 만나야 할 때다. 민 노인을 독대하고 담판을 지을 일만 남았을 뿐이다.

순식은 문화재단 홈페이지를 열어 콩쿠르 예선곡부터 살펴 보았다.

예선 곡 : 쇼팽 에튀드 2곡(10분 이내)

순식이 살펴본 예선 곡은 다행히 어렵지 않았다. 그게 상유에는 더 그럴 것이라고 생각했다. 음악실에서 홀로 악보도 없이 줄기차게 몰두하고 있었던 곡 대부분이 쇼팽의 에튀드였다.

순식은 참가 신청서 출력 아이콘을 클릭했다.

찌찌이이이익……

프린터에서 A4 종이 밀리는 소리를 들으며 참가곡 목록을 주의 깊게 다시 살펴보았다. 예선 지정곡은 쇼팽 에튀드 2곡이었고, 본선에서는 베토벤 피아노 소나타 중에서 선택하기로 되어 있었다. 예선 곡과 본선 곡을 보자 머뭇거릴 필요가 없다는 확신이 더 들었다.

⟨흑건⟩이건 ⟨에올리언 하프⟩건 ⟨대양⟩이건 설사 그것이 ⟨혁명⟩이라고 할지라도 쇼팽의 에튀드라면 음악실에서 무수하게 들었던 상유의 레퍼토리가 아니었던가. 예선곡이 쇼팽의 에튀드라는 데서 순식은 어떤 열정까지 솟아났다.

—망설이는 건 이제 시간 낭비다.

제대로 된 피아노 앞에 앉혀 보리라 작정했던 것을 실천할 때가 되었다는 생각은 이미 굳어졌다.

이제 남은 일은 하나였다. 상유 외조부를 만나서 문제를 해결하는 일만 남았다.

23

독대

 현관에서 순식을 맞아준 사람은 상유 외조부 민 노인이었다. 학기 초 교무실에서 받았던 냉정할 정도의 엄한 첫인상과는 좀 달랐다.
 ―이제 공부 길로 들어서게 할 겁니다.
 교무실 방문자용 테이블에서 굳은 표정으로 엄중하게 말하던 민 노인의 모습을 순식은 아직도 생생이 기억하고 있다.
 하지만 지금 현관문을 열어 주는 민 노인의 안온한 표정은 그때와는 사뭇 달랐다. 아마도 집으로 찾아온 방문객을 대하는 그만의 응대 방법인 것 같았다.
 안온한 말투와 부드러운 태도도 그러했지만 무엇보다 자

리에 앉았을 때 탁자에 놓인 따듯한 대추차는 긴장을 풀어 주었다. 대추차의 달달한 맛이 팽팽하게 당겨진 긴장의 끈을 스르르 풀기에 충분했다.

대추차를 내온 사람은 상유 할머니였다. 조용한 움직임과 나직한 음성이 긴 시간을 들여 만든 대추차의 부드러운 맛과 부합되면서 정돈된 집안의 분위기와 어울렸다.

격자 창문과 깨끗한 대청마루, 별 장식품이 없는 간결한 거실 풍경. 단아하게 정리된 그 풍경 속에 담백한 태도로 상유가 거기에 앉아 있었다.

순식은 다른 설명 없이 음악 경연 대회 참가 신청서를 테이블 위에 내려놓았다.

"조부님이 허락해 주셔야 할 것 같아요."

거두절미하고 본론부터 말했다. 더 망설이거나 머뭇거릴 필요가 없다는 뜻을 순식은 태도로 보여 주고 싶었던 거였다. 보통 때와 다른 모습에 상유는 잠시 놀라는 표정이었다.

신청서를 살펴보면서 민 노인은 조용하게 말했다.

"지금 학교 안에서 어떤 오해를 받고 있는 것으로 아는데 굳이 이렇게까지……."

민 노인의 주변에도 인적 네크워크가 작동하고 있음을

말하고 있었다. 최근에 학교에서 일어난 일련의 사건들을 짐작하고 있는 말투였다.

"상관 없어요."

"상관이 없다는 건……."

"개의치 않는다는 뜻이죠."

"그 오해에 우리 아이가 개입되어 있다면…… 난감한 일이 아니겠소."

"그건 진실과는 거리가 멀어요."

"이렇게 되면 시중에 돌아다니는 쑥덕공론이 오해가 아니라 사실임을 입증하는 꼴이 될 텐데요."

순식의 대답도 듣지 않고 민노인은 말을 이었다.

"세간의 오해를 받아 가며 이렇게까지 우리 집 애를 생각해 주는 건 고맙소만……."

"오해고 나발이고 상관없어요."

실로 뜻밖의 표현이 튀어나오고 말았다. 난데없이 튀어나온 격한 표현에 순식은 자신도 당황스러웠다. 자신의 본질이 드러났다고 해도 할 수 없는 일이다.

거칠게 살아온 본모습이 그대로 노출된 것이다. 장식이나 가식이 필요 없는 순간이기 때문에 뱉은 말을 거두어들이고 싶지도 않았다.

순식의 말이 저돌적이었던지, 민 노인도 적이 당황해했다. 하지만 순식의 진심을 한 자락 읽었다는 표정이었다.

"이 방법밖에 없으니까요."

순식은 마음을 누그리며 한마디를 덧붙였다.

"할아버지, 허락해 주세요."

듣고만 있던 상유가 무슨 결심이라도 한 듯이 나섰다. 민 노인은 무릎 위에 있던 신문을 조용히 접었다. 마뜩잖다는 뜻이 얼굴에 그대로 드러났다.

"할아버지, 이번만 허락해 주세요."

마치 끝장이라도 보겠다는 상유의 말투에 민 노인은 조용히 찻잔을 들어 입을 적셨다.

긍정일까, 부정일까. 순식은 조바심으로 손가락 깍지를 끼면서 민 노인을 보았다. 민노인은 찻잔을 내려놓고 일어나면서 순식을 보며 말했다.

"선생은 이미 마음을 정하고 왔구려? 지금 내 결정이 무슨 소용이 있겠소."

민 노인은 자리에서 일어나 밖으로 나갔다. 살아온 경험에서 나온 결정인가. 긴말이 필요치는 않았다. 상유는 엷은

독대

웃음 띠고 순식을 바라보고 있었다.

상유 외조부 면담을 마치고 나선 걸음이 그다지 무겁지 않았다. 최근 어느 때보다 할 일을 하고 있다는 만족감이 들었다.

불법 과외, 특혜가 아니라고 온몸으로 저항해 왔지만, 콩쿠르 참여 신청서를 내는 순간 그동안 부르짖었던 말들은 와르르 와해될 것이다. 그동안의 말을 스스로 부정하고 나서는 꼴이 될 것이다.

그럴 줄 알았어, 라는 비아냥을 온통 받으며 견뎌야 할 것이다.

특혜라는 소문이 결국 맞았네요, 라며 보내는 독설을 온몸으로 받아내야 할 것이라고 순식은 생각했다.

상유를 콩쿠르 무대에 세우기로 하니, 견뎌내야 할 것이 많다는 걸 알게 되었다.

24

퍼포먼스

마감 시간 안에 간신히 참가 신청서를 제출했다. 신청서를 내고 나니 예선 대회 날은 금방 다가왔다.

대회는 해솔예술회관 콘서트홀에서 열렸다. 예심부터 모든 경연은 공개로 진행되었다.

해솔예술회관은 바닷가 언덕 위에 하얗게 빛나고 있었다. 지역 출신의 음악가를 위해 문화재단이 설립되었고, 공연장도 함께 지었다. 이름있는 건축가가 설계했다는 이 건물에서 대공연장과 콘서트홀은 모두 자랑거리였다. 콘서트홀은 200석 남짓한 소규모 공연이 이루어지는 홀이지만 음향이나 실내 디자인에서 어디에 내놓아도 빠지지 않을 만큼 훌륭한 것으로 알려져 있었다.

예선에서 상유는 쇼팽 에튀드를 잘 해냈다. 상유가 선택한 에튀드는 27곡 중에서 〈에올리언 하프〉와 〈겨울바람〉 두 곡이었다. 〈에올리언 하프〉는 상유가 특히나 자주 연습하던 곡이었다. 상유가 연주하는 〈에올리언 하프〉는 특별히 찡한 감동이 있었다.

바람이 수면 위에 물무늬를 그리는 풍경을 떠올리게 하는 상유만의 〈에올리안 하프〉, 바람이 둥근 발을 밀어 가듯이, 수면에 물주름을 만들고 저 먼 이상의 세계로 끌어가는 그런 느낌, 그 바람결이 폐부 깊숙한 마음의 줄을 울려 주는 그런 연주.

상유의 에튀드는 그렇게 흐르듯 연주되었다. 그러면서도 음표를 하나도 빼놓지 않아 모두 또랑또랑하게 들렸다. 그게 상유의 장기였다. 상유는 늘 그랬다.

상유의 연주를 듣고 있노라면 저 부분에서 음표가 저렇게 많았나 하는 생각이 들게 할 만큼 늘 정확하게 타건하는 실력을 보여주었다. 같은 악보, 같은 마디라도 그래서 상유의 연주는 좀 더 길게 느껴졌고, 좀 더 자세하게 악상을 느낄 수 있었다.

어렵지 않게 예선을 마쳤다. 결과는 당일 안에 재단 홈페이지 게시판에 공개하고, 예술회관 현관에도 붙인다고 했다.

마지막 참가자의 연주까지 들은 순식은 힘들었을 상유를 집으로 돌려보내고, 혼자 결과를 기다려보기로 했다.

건물 밖으로 나오니 어느새 해거름이다.

순식은 예술회관 주변을 거닐며 결과를 기다리기로 했다. 해안 절벽 위에 서 있는 해솔예술회관은 해 질 녘 풍경 속에 좀 더 도드라져 보였다. 해거름의 긴 햇살 속에 작은 성채처럼 하얗게 빛을 내고 있는 회관 주변을 서성이는 동안, 마침내 본선 진출자 명단이 현관 입구에 나붙었다. 건물 주위를 서성이던 사람이 우르르 정문으로 몰려가고 있었다.

순식은 현관에 붙은 명단을 확인했다. 본선 진출자 명단에 물론 상유의 이름은 있었다. 순식은 핸드폰 카메라로 진출자 명단을 찍었다.

-본선을 기다리며

순식은 짧은 문자와 함께 사진을 보냈다. 상유의 답이 금방 돌아왔다.

다른 말이 없이 이모티콘 표정 몇 개가 폰 화면에 떠올랐다.

- ㅁㅇ☺ ㅇ ☺

웃는 이모티콘을 보자 순식도 픕, 웃음이 났다.

'짜아식'

감정의 변화를 겉으로 드러내지 않는 상유를 생각하며, 노을을 등 뒤에 두고 순식은 천천히 콘서트홀을 내려왔다.

예선을 마치고 나니, 견제의 독화살이 여기저기서 마구 날아들었다. 그럴 줄 알았다라는 비아냥은 점잖은 표현이었다.

순식을 보는 동료 교사들의 태도는 싸늘했다. 서로 눈길도 마주치지 않았다. 순식은 무방비 상태로 그 눈총을 모두 받을 수 밖에 없었다.

- 불법 과외? 설마 했는데 모든 게 사실이었나 봐요.
- 역시 특혜였나요? 그렇군요.

라고 말하는 눈길이었다.

심지어는 외부에서 모이는 학년 회의 시간도 통보받지 못하는 왕따가 되어 가고 있었다. 맘이 좋은, 국어 담당 장

용림이 아니었다면 순식은 그동안 자신이 왕따였다는 사실도 몰랐을 것이다.

"어제 학년 전체 회의에 왜 안 왔어요?"

"전체 회의요? 몰랐어요!"

"교감에게 연락 못 받았어요?"

교감이라는 말에 순식은 입을 다물고 말았다. 이제 시말서가 아니라 직무 태만이라는 징계를 걱정해야 될 것 같은 예감이 들었다.

피부에 닿는 견제의 강도는 예상 수치에서 곱하기 몇 번 해야 할 정도였다. 하루라도 빨리 본선이 열리기를 기다리는 수밖에 없었다. 그러면서 이 모든 게 지나가기를 바랄 뿐이었다.

순식은 진정으로 본선을 기다렸다. 예선에 비해 본선에서 상유는 어쩌면 더 높은 기량을 더 보여 줄 수 있을 거라고 생각했기 때문이다.

본선의 지정곡은 베토벤 소나타였다. 베토벤의 소나타에 언제나 진심인 상유가 자신의 감성을 제대로 보여 줄 수 있을 것이라고 생각했다.

'본선까지 제대로 된 피아노 앞에 앉히기.'

이제, 자신이 해야 할 일은 그뿐이었다. 제대로 된 연습을 할 수 있는 환경을 만들어 주는 것이 눈앞에 놓인 과제였다.

순식은 모든 인맥을 총동원해 좋은 그랜드 피아노를 수소문해야 했다.

본선 날은 주차장에서부터 붐볐다. 음악학원 차량부터, 이 도시에서 보기 어려운 온갖 고급 세단들이 주차장을 점령하고 있었다.

순식이 공연장 로비에 도착했을 때 상유는 아직 보이지 않았다. 손걸레를 들고 오가는 청소 요원과 서류를 들고 분주하게 움직이는 담당자들, 학부모로 보이는 사람들 몇몇이 로비에서 서성였다.

순식은 로비 오른쪽에 있는 카페테리아로 가서 커피를 주문하고 창가 테이블에 앉았다. 공연장으로 오르는 길이 환히 내려다 보이는 자리였다.

커피를 마시며 상유를 기다릴 참이었다.

실내에는 음악 관계자, 언론사 기자들, 보호자 혹은 음악

강사로 보이는 사람들이 각각 자리를 차지하고 있었다. 본선 날의 긴장감이 실내를 빵빵하게 채우고 있는 것 같았다.

옆자리를 의식하며 조심스럽게 얘기를 나누는 사람들의 대화가 간간이 들려왔다. 무엇보다 순식이 앉은 바로 뒤 테이블에서 두 여성이 나누는 대화는 그대로 순식의 귀에 꽂혔다. 지난 예선에 대한 내용이었다. 주고받는 호칭으로 보아 음악 전공 교수와 문화 담당 기자라는 걸 알 수 있었다.

"이번 예선은 어느 정도 수준을 유지한 것 같아요. 그렇죠, 선생님?"

"정 기자는 누구를 픽했어요?"

"호호, 저야, 뭐 청중 수준에 있잖아요."

"그 청중의 귀가 중요하죠. 음악 대중화 시대에……."

"맞아요. 대중이 호응해야 클래식 공연 기사도 자주 기획할 수 있어요. 호호."

"이번엔 〈에올리언 하프〉 친 그 남학생 말예요, 그 학생 아주 특별했어요."

"그랬죠, 〈에올리언 하프〉, 제 귀에도 놀라웠어요."

〈에올리언 하프〉라는 말에 순식은 귀가 번쩍 뜨였다. 예선에서 〈에올리언 하프〉 연주는 상유가 유일했다.

굳이 들으려고 하였던 건 아니었지만, 두 사람의 이야기에 집중할 수 밖에 없는 상황이었다.

"감정에 흔들리지도 않고…… 테크닉도 아주 좋았었죠?"

"예, 한 음 한 음 남다른 데가 있었어요."

"그 학생이 본선에선 어떤 곡 할까요? 궁금해지네요."

"그 애가 이번 콩쿠르에서 기대주가 될 것 같아요."

순식은 그 자리에서 벌떡 일어나 큰절이라도 하고 싶다. 정말 잘하는 아이라고, 지켜봐 달라고 말하고 싶은 걸 간신히 참아내면서 커피를 조금 마셨다.

상유가 예선에서 남달리 잘 해낸 건 사실이다. 한 치 흔들림도 없이 악상 하나하나를 살려 나간 남다른 연주를 해낸 것이다. 다른 사람도 그렇게 들었다니, 한편 당연하면서도 한편으로 너무 고마워서 감사 인사라도 하고 싶을 걸 순식은 무던히 참아내고 있었다.

공기 중에 흩어져 사라져 가는 듯한 연주가 특별하게 들리는 건 순간순간의 사소하고도 섬세한 감수성의 차이인 것이다. 그 작고 정밀한 차이의 벽을 깨는 것이 연주자의 몫인 거다. 그래서 연주자들은 연습실 건반에서 손을 떼지 못하는 것일 거다. 순식도 사범대학 시절, 지하 연습실 피아노 앞에서 펑펑 울고 있던 급우들을 얼마나 봐 왔던가.

마침, 아래에서 상유가 올라오는 게 보였다.

순식은 남은 커피를 마시고 일어났다. 뒷자리에서 대화하던 인물들을 바로 보고 싶은 걸 간신히 참아내고, 계산대 앞에 서서 그제야 슬며시 돌아보았다. 좀 젊은 여성이 기자일 듯하고, 그보다 조금 더 나이가 들어 보이는 여성은 아마 음악 교수일 것이다.

그사이 상유가 공연장 로비로 들어오고 있다. 순식을 발견한 상유는 얼굴에 한가득 웃음을 띠었다. 참 오랜만에 보는 웃음이었다.

상유의 웃음을 보자 순식도 한편으로는 안심이 되었다.

"저기 가서 음료수 마실래?"

순식은 카페테리아를 가리켰다.

상유는 고개를 가로저었다. 공연을 앞두고는 물만 마시는 습관이 있다는 걸 순식은 알고 있었다.

"대기실에 가서 물 마실래요."

저기 안에 네 연주를 칭찬하는 분들이 있어, 라고 말해주고 싶었다. 어쩌면 긴장하고 있을 상유의 마음을 조금 풀어 주고 싶었기 때문이다. 그러나 상유는 그마저도 부담스러워할지도 모르겠다.

"힘 빼고, 의식하지 말고, 보통 하던 대로, 집중해서……."
 순식이 상유에게 해 줄 수 있는 말은 그게 전부였다. 학교 음악실 그 변변치 않은 피아노로도 그만한 연주를 하지 않았는가. 순식은 믿고 있다는 확신만 줄 수 있을 뿐이었다.
 순식의 말에 상유는 말없이 고개만 끄덕이고 무대 뒤 대기실로 갔다.
 '하, 이 짠한 마음은 뭔가!'
 알 수 없는 짠한 마음 때문에 순식은 창밖을 내다봤다. 오후의 햇빛은 더 하얗게 빛을 냈다.

 추첨한 순서대로 본선의 연주 레이스가 시작되었다.
 〈황제〉 2악장, 〈비창〉의 1악장, 〈템페스트〉 3악장, 〈열정〉의 1악장……. 베토벤의 소나타가 차례로 연주되었다. 순서대로 참가자의 연주가 지나가고 있었다. 특별히 개성적인 연주를 추구하기보다는 악보대로 충실하게 악상을 표현하려는 착하고 담백하고 순한 연주가 이어졌다.

상유는 마지막 순서였다. 번호 추첨에서 그렇게 되었다. 순서에서 유불리를 말할 여력도 없었다.

본선에서 상유는 〈월광〉 3악장을 신청했다. 변경될 이유는 없을 것이다. 그 곡에 관해서는 누구보다 뛰어난 연주를 할 것이라고 순식은 생각했다. 음악실에서 그만큼 자주 연습했고, 그만큼 자연스럽고 익숙하게 연주할 수 있지 않겠는가, 순식은 그렇게 예상하고 있었다.

마침내 상유의 순서가 되었다. 검정 바지와 검정 셔츠, 그리고 검정 구두 차림의 상유가 무대에 나타났다. 신화의 숲에서 튀어나온 한 명의 아도니스가 성큼성큼 무대 가운데로 걸어오고 있었다.

상유는 무대 중앙, 피아노 곁에 서서 객석을 향해 단정하게 인사를 했다. 그러곤 곧바로 피아노 의자에 앉더니 잠시 의자 높이를 조정하고 건반 위에 양손을 조심스레 올려놓았.

순식은 〈월광〉의 3악장 선율을 마음속으로 그리며 첫 소리를 기다렸다. 드디어 상유의 손가락이 첫 음을 짚었다.

'어, 이상하네.'

3악장의 첫 음이 아니었다. 연주자는 때에 따라 옥타브를 건너뛰는 모험을 실험적으로 시도할 때가 있기는 하지만 도입부에서 그런 시도는 위험한 일일 것이다. 무엇보다 경연 대회가 아닌가. 〈월광 소나타〉 3악장, 그 긴박하게 서두르는 도입은 절대 아니었다.

연주가 계속되었지만, 선율은 다른 곳으로 흘러가고 있었다. 누가 들어도 〈월광〉은 확실히 아니다.

〈월광〉 3악장, 프레스토 아지타토.

대부분이 알고 있는 급속하고, 빠르고, 격렬하게는 아니었다. 그리고 베토벤의 그 어떤 소나타도 아니었다. 오히려 무슨 현대 작곡가의 음악 같았다.

'저 낯선 곡은 뭐였지?'

순식은 언젠가 한 번은 들어 본 듯한 이상한 익숙함에 기억을 되살리려고 두 손으로 머리를 감쌌다.

객석 여기저기서 조그맣게 소리가 나기 시작하더니, 급기야 웅성거리기 시작했다.

그러나 상유는 미동도 없이 연주를 계속했다. 낯설고 생소하고 익히 들어 보지 못했던 연주는 그대로 이어졌다.

상유의 무한 질주에 객석도 당황했는지 웅성거리던 소리가 차츰 잦아들었다. 그리고 관객들은 낯선 곡에 잔잔히 몰입해 갔다.

이윽고 상유는 마지막 한 음으로 연주를 정리하고는 두 손을 건반 위로 들어 올렸다.

상유의 연주는 끝이 났다. 객석은 일순 조용해졌다. 무거운 침묵이 공연장을 가득 채웠다.

의자에서 일어나던 상유가 잠시 비틀하더니 무대 앞으로 몇 걸음 걸어 나왔다. 그러곤 무대 가운데 서서 뜻밖에 입을 열었다.

"본선의 지정곡은 아니에요."

상유의 돌발적인 행동에 관객들도 어지간히 놀랐는지 찬물을 끼얹은 듯 고요해졌다. 하지만 상유는 다시 말을 이어갔다.

"얼마 전 갑자기 이곳을 영영 떠난 친구를 위해 작곡한 〈나무백일홍〉이란 곡입니다. 하늘에 있는 그 친구에게 들려주려고 이 대회에 나왔습니다. 본선 지정곡을 지키지 않은 것은 양해해 주세요. 저의 연주는 여기까지입니다."

순식은 갑자기 어안이 벙벙해졌다. 평소에 물처럼 조용하기만 하던 녀석이 이렇게 돌변하다니.

부끄러움이 많고 낯가림도 심하고, 다른 사람들 앞에서 제 이름 말하는 것조차 망설이던 상유가 아니었던가. 그런 애가 친구를 위해 자신이 작곡한 곡을 연주한 것이다. 콩쿠르의 지정곡까지 어겨 가면서.

얼마 전 학교 음악실에서 들었던 낯선 곡의 전모를 지금 듣게 되었다는 감동보다 당황스러움이 먼저였다.

정욱을 떠나 보내고 음악실에서 혼자 울면서 피아노 건반을 두드리던 상유의 뒷모습을 순식은 기억하고 있다.

망설이는 듯한, 어색한 박수가 한번 불쑥 튀어 나왔다. 한 사람의 손뼉 소리가 나는가 했는데 박수 소리가 이어졌다. 그러곤 이내 온 객석에서 박수의 물결이 일어났다.

상유는 조용히 절을 하고 무대 뒤로 총총 사라졌다. 객석에서 박수 소리는 끊이지 않았다.

대기실로 통하는 문이 빼끔 열리더니 상유가 다시 무대에 나왔다. 마치 유명 연주자가 커튼콜 인사를 하러 나온 모양이 되었다. 경연 대회에서는 볼 수 없는 풍경이었다.

상유는 무대 가운데서 인사하고 다시 총총히 사라졌다. 객석의 감동은 금방 사라지지 않았다. 한동안 박수 소리가 이어졌다.

에필로그

길 위에서

웅성거리던 대기실이 차츰 조용해졌다. 연주를 마친 참가자들이 악보 가방을 챙겨 메고 천천히 대기실을 빠져나가고 있었다.

상유도 정수기에서 찬물을 조금 받아 한 모금 마시고 돌아서는데 구석 자리 의자에 여학생 한 명이 등을 보이고 오도카니 남아 있었다. 한 갈래로 묶은 긴 머리카락이 여학생의 등을 반쯤 덮고 있었다.

'어떻게 하지?' 상유는 잠시 망설였다. 혼자 있는 걸 내버려 두고 나가는 게 마음에 걸려서였다.

"나갈래?" 상유는 다가가서 겨우 한마디 했다.

여학생은 상유의 얼굴을 가만히 올려보더니, 울 듯한 얼굴이 되어 의자에서 갑자기 발딱 일어났다. 그러곤 "망했다!"고 하며 몸을 휙 돌렸다.

이번 연주가 마음에 들지 않았다는 뜻일 거다. 대기실에서 가끔씩은 볼 수 있는 장면이다.

어디에서, 어떤 실수를 했는지, 누구보다 자신이 가장 잘 알기 마련이다. 그땐 누구의 위로도 귀에 들어오지 않는다는 걸 상유도 이미 알고 있었다.

여학생은 타닥타닥, 발소리까지 내며 쌩하니 나가 버렸다. 자존심이 엄청 상했다는 걸 온몸으로 나타내고 있었다. 상유는 뭐라도 도와주고 싶은 마음이었는데 머쓱해졌다.

대기실에서 로비로 통하는 긴 복도 벽면에는 공연장을 거쳐 간 유명 연주자들의 프로필 사진이 걸려 있었다.

'저들 사이에 나도……?'

존경의 눈으로 사진을 바라보던 상유는 그러나 더 이상 길게 생각할 여유가 없었다. 복도 끝에 뜻밖에도 할아버지가 기다리고 있었기 때문이다. 상유는 숨을 크게 들이마시며 할아버지께로 걸어갔다.

"할아버지……."

"그래, 고생했구나. 애썼다. 저기 너를 기다리고 있는 사람들이 있네. 할배는 먼저 간다."

할아버지는 다른 말 없이 상유의 등을 토닥여 주고 공연장 밖으로 나갔다. 할아버지의 은회색 슈트가 유별나게 멋져 보였다.

외조부의 뒷모습을 가만히 지켜보던 상유는 로비 데스크 쪽으로 발걸음을 옮겼다. 안내 데스트 옆에 순식 선생님과 강민이가 서 있었다. 상유를 본 강민이는 활짝 웃는 얼굴로, 주먹을 쥔 오른팔을 가슴 앞에 세워 아래로 끌어 내리며 예의 그 나이스를 외쳤다.

"나이스!"

순식 선생님은 결과가 나올 때까지 야외 테라스에서 바람을 쐬겠다고 하며 자리를 떠났다.

"올 줄 몰랐어."

상유는 웃음 가득한 얼굴로 강민이를 보았다.

"뭐임? 이건 또 무슨 인종 차별적 발언?"

"그건 아니고."

"운동선수는 귀도 없냐? 피아노 칠 줄은 몰라도 듣는 귀는 있다고."

"알았다고."

"근데, 그 애…… 홍태네 사촌 말야, 그 애는 이름이 없더라. 예선에서 떨어졌나?"

상유는 강민의 말에 대답하지 않았다. 처음부터 상유에게는 크게 중요한 문제가 아니었으므로 굳이 대답할 필요가 없었다.

"상유야, 나 좀 봐!"

강민이가 정색하고 상유를 불렀다. 강민이의 음성이 예사롭지 않아 상유는 일순간 긴장했다.

"원, 투, 스트레이트! 훅, 훅."

허공에 펀치를 날리는 강민이는 가벼운 발재간을 보이며 사뿐사뿐 뛰었다. 마치 장난처럼 보였지만, 잽싸고 날렵하고 깃털처럼 가벼운 몸놀림이었다. 상유가 언제나 감탄하는 통쾌한 동작이다.

"어때?"

"통쾌해!"

"그렇게 말할 줄 알았어. 너는 말야, 무대에 있을 때 너무 잘 어울렸어."

강민이는 겸연쩍어했지만 목소리만은 그 어느 때보다 진

지했다.

"피이~"

상유는 웃고 말았다.

"내 말 무슨 뜻인지 몰라?"

"몰라!"

강민이는 헤드락이라도 걸 듯이 덤벼들었다.

"정말 몰라?"

"그래, 몰라!"

상유는 짐짓 더 단호하게 대답했다. 그러자 강민이는 몸동작을 멈추고 목소리를 높였다.

"피아노 포기하지 말라고."

강민이의 말은 마치 어떤 경고처럼 상유의 귀에 내리꽂혔다. 하지만 상유는 금방 대답하지는 못했다. 그냥 웃고 말았다.

마침내, 본선 결과가 나왔다. 〈템페스트〉 3악장을 연주한 서중학교 남학생이 최고상을 받았다.

경연은 마무리되었다. 팽팽하게 당겨졌던 신경 줄이 조금 풀어지는 기분이었다.

상유는 수상과는 상관없는 퍼포먼스를 선택한 것이고, 자신의 선택에 후회나 반성은 없다.

집으로 돌아와 책상에 앉은 상유는 비로소 순식 선생님을 생각하게 되었다.

'선생님은 어떻게 되는 걸까? 곤란해지는 건 아닐까?'

상유는 자신의 문제 때문에 선생님이 곤경에 빠지게 될까 봐 걱정되었다. 조금도 망설일 겨를 없이 핸드폰 화면을 열었다.

─선생님, 저 때문에 교무실에서 힘들게 되면 어쩌죠?

문자 쓰기를 마치고, 1초의 망설임도 없이 전송 버튼을 눌렀다.

띵.

채 1분도 지나지 않아 곧바로 답글이 돌아왔다.

─짜아식, 제법인데. 샘 걱정도 할 줄 알고. 좋았어! 그런데 내가 좀 세거든. 오해는 오해일 뿐, 걱정 끝!

순식 선생님의 답글을 보자 상유는 한결 마음이 가벼워졌다.

여전히 길 위에 서 있는 것은 분명하다. 앞으로 더 오래 그럴 것 같다.

상유는 불안했던 드론의 비행을 다시 생각해 본다. 공기의 저항에도 이제는 웬만큼 버틸 자신이 생겼다.

양 날개를 일직선으로 펼쳐서 상승기류를 타고 오르는 검은 독수리의 성공적인 비행을 꿈꾸어 보는 것이 이제 남은 일이라고 생각할 뿐이다.